Après une carrière enrichissante de directrice d'un organisme de formation, **Marie-Claude Gay** *est aujourd'hui l'auteur de nombreux romans à succès. Alliant vivacité de plume et style bien trempé, les femmes sont au cœur de ses intrigues.*

Le Secret des Solignac

De la même auteure aux éditions De Borée

Le Vallon des sources

TERRE DE POCHE
45, rue du Clos-Four – 63056 Clermont-Ferrand cedex 2

Marie-Claude Gay

Le Secret des Solignac

deBorée
TERRE DE POCHE

À François retrouvé…

I

Le seigneur du lac

LAC PAVIN, AVRIL 1806. Le vent sifflait, aigre-doux. Les oreilles en alerte, un lièvre immobile l'écoutait, puis, d'un bond fiévreux, atteignit un saule qui trempait avec complaisance ses cheveux dans l'eau du lac. Il saisit un rameau et le grignota avec soin, non sans avoir laissé derrière lui des petits cailloux noirs, ronds et lisses, signe d'une extrême satisfaction. Soudain, l'éclair roux d'un renard en chasse zébra l'espace ; le lièvre bondit, accentua sa course. Ses pattes arrière habillées de larges coussinets soyeux lui permettraient sans doute, une fois de plus, de distancer le prédateur.

Louis essuyait les bourrasques, baissant la tête, se protégeant le visage avec le col de son manteau. Ses sabots glissaient sur les feuilles pourries et il pensait que ce mauvais temps était sans nul doute le dernier éclat de l'hiver cédant la place au printemps. La terre détrempée sentait l'herbe sauvage et des milliers de rigoles drainaient l'eau de la fonte vers le lac. Çà et là subsistaient des tas de neige crevés de trous, avec des airs de vieilles éponges qui ont trop servi. Annonce colorée de la saison qui dérivait vers un meilleur climat, tout le long du sentier, des crocus jaunes et violets bravaient les intempéries, dressant leurs minuscules têtes vers un ciel où se télescopaient des montagnes de nuages gris.

L'Auvergne, emprisonnée dans son passé chargé de feu, était une région mythique. Ici, la crainte de l'enfer rejoignait une expression de la puissance occulte des volcans, gardiens hiératiques de l'antre du maître des forges : Vulcain. Et pourtant, le décor grandiose au naturel affichait une trompeuse sérénité : un cœur de lave palpitait sous terre, silencieux et insoumis. Un jour, une nuit, il exploserait, remodelant monts et vallées : nouvelle apocalypse à laquelle l'homme serait confronté, retrouvant ainsi le goût du combat pour mieux renier la fatalité. La nature aux hivers rudes, aux étés radieux, en couvrant cette région de monts entaillés de cluses, de vallées secrètes, avait obligé l'Auvergne malgré elle à rester isolée, repliée sur elle-même. Les seuls échanges venant de l'extérieur étaient véhiculés par les colporteurs, les compagnons du Tour de France et les petits ramoneurs savoyards. Le bénéfice de cet isolement était appréciable. Ayant échappé à toute pollution, l'Auvergne et ses habitants avaient conservé intactes leurs coutumes ancestrales, leur allègre simplicité bourrue, dans l'ignorance et la sagesse primitives des gens qui vivent en symbiose avec une nature rude mais frémissante de beauté.

Louis redressa la tête et regarda autour de lui. L'Auvergne, son pays. Magie de l'union du ciel et du feu, alliance sacrée génératrice d'un monde à part. Les volcans colériques s'étaient, au fil des siècles, transformés en chapeaux mous que portaient, lors de leurs cérémonies secrètes et étrangères à l'humain, Éole et Vulcain. D'une pichenette désinvolte, ils avaient accentué le creux du feutre vert. Les pentes dévalaient avec allégresse vers les combes et, de son côté, la terre prenait son envol en se hissant vers le ciel, souple et ronde comme un sein de femme. Çà et là, des demeures aux murs criblés d'ouvertures, aux toits de lave brune, abritaient des amours romantiques. La chaîne des volcans ondulait, s'élevait en vagues douces. Au creux du ressac, les vallées ombreuses où l'herbe poussait plus dru que sur les hauteurs. Parfois, dans la tendresse d'une aurore frileuse s'étourdissaient biches et faons ignorant un cerf solitaire franchissant le dos trapu d'un volcan. L'obstination du végétal allié à l'humain tenait de la grandeur d'âme. Les saisons jouaient entre elles. L'automne jetait ses feux : les volcans changeaient de peau. L'hiver mariait la neige aux arbres intemporels, tandis que le printemps jetait le jaune vif des genêts et des forsythias sur le violet des pervenches et des primevères. Au sommet du puy de Montchal, les monts Dôme tressaient un collier de volcans sur un front de huit lieues. L'été, saison douce et forte à la fois, livrait aux yeux profanes des mystères inaccessibles en temps ordinaire. Oui, il l'aimait son pays, même s'il était né en Italie. Il l'aimait de toutes ses fibres, de tout son cœur d'Italo-Auvergnat. Il comprenait pourquoi son père Martin avait tenu à y revenir pour y mourir. Atteint d'un mal mystérieux, il avait vendu l'échoppe de lutherie et avait amené son fils en France. Âgé de quinze ans, Louis avait dû s'habituer à de nouvelles coutumes, apprendre une langue différente. Désormais, la solitude était son lot, car cohabiter avec le lac Pavin signifiait ne pas rencontrer un seul être vivant à des lieues à la ronde. La perpétuelle agitation de Venise n'était plus qu'un pâle souvenir.

Un souffle froid brisa la brume d'un coup net, coucha l'herbe. Louis, frigorifié, aperçut enfin le lac Pavin. Œil rond de cyclope attentif, bordé de sapins, tels des cils épais, il veillait depuis des millénaires, fidèle gardien du silence des lieux. Mer égarée en altitude, il ponctuait d'un éclair azuréen le vert tenace du paysage. Ici, le temps perdait prise. L'eau sombre s'imposait avec une sourde intensité, une sorte d'obstination rugueuse comme l'âme du pays. Un grain rapide passa, irisa la surface de l'eau, dessina des friselis qui se noyèrent contre la berge ; la lumière frappa le bord, s'évasa, devint arc-en-ciel. Ici, c'était le lac des origines où le lever du jour évoquait l'aube de la naissance du monde. Sur les bords du lac cohabitaient la sagittaire et les lentisques verts ondulant au gré du vent ; un peu plus loin, les prêles et les trèfles d'eau formaient une natte moelleuse qui cédait sous les pieds. Tout à côté s'étalaient des parterres d'iris gigots dont le mauve rehaussait la nacre rosée des butomes en ombelle.

Louis s'avança vers la cache où il mettait sa barque et la fit glisser dans l'eau après s'être arc-bouté pour qu'elle sorte de la vase. Un mât planté en son centre, une voile de toile rouge ficelée au fond du bateau, un gouvernail maintes fois raboté : telle se présentait *La Glorieuse*. Un petit banc sur le côté permettait de s'asseoir sans se mouiller. Le vent arrivait droit debout : inutile de hisser la voile, il lui faudrait affaler aussitôt. Il godillait d'un geste vif et précis. L'embarcation quitta la berge, se dirigea vers le milieu du lac, là même où se situait la pupille du cyclope et où le poisson pullulait, on ne savait pourquoi. Une pluie fine lui mouillait le visage ; le vent tourna à l'oblique ; l'averse brouilla le paysage, mêlant ciel et eau. La barque dérivait tandis que Louis dévidait le fil de sa ligne pour appâter l'omble chevalier. Sur la berge, un pluvier doré émit quelques trilles. Il repensa à son père qui avait tenu un an avant de rendre l'âme. Il toussait beaucoup, les poumons s'étaient peu à peu englués à cause des vapeurs de la colle qu'il employait pour créer ses violons. Louis avait survécu grâce à son caractère qui lui faisait voir la beauté de la vie. Avant de mourir, Martin lui avait offert la moitié de la tessère qu'il portait au cou et lui avait souhaité de trouver la personne qui possédait l'autre. Vœu pieux sans doute, mais il ne lui était pas interdit d'y croire.

Louis redressa la tête, s'interdisant de remuer le passé. Il se concentra sur sa ligne. Il ignorait comment l'omble, issu de la dernière glaciation, était arrivé dans les eaux froides du lac. Il aimait sa chair fine au goût délicat, cuite sur un feu de sarments de vigne. Le poisson se différenciait de la truite par une robe plus vive aux tons orangés sous le ventre, flammés sur les nageoires. Soudain, le fil piqua du nez, entraînant la main du pêcheur. D'un geste sec, il ferra le poisson, le ramena à la surface, enleva l'hameçon coincé dans la bouche et l'assomma sur le rebord de la barque. Louis avait en horreur ce geste mais n'était-il pas utile pour empêcher sa prise de souffrir et de mourir asphyxiée ? Victime digne, qui ne criait ni ne manifestait sa douleur, l'omble fit quelques soubresauts et s'éteignit. Moment gênant pour le pêcheur le soir, attablé devant son assiette qui le culpabilisait, moment qu'il oublierait vite lorsqu'il ouvrirait le ventre encore fumant, parfumé d'herbes tendres et odoriférantes.

Les grains passèrent sous d'autres cieux... Ce matin-là, il était si tôt que l'horizon rosissait à peine. Une gelinotte ponctua son réveil de petits cris rauques, sans doute pour s'éclaircir le timbre. Une brise légère courait sur le lac, froissant à peine sa surface, se heurtant à la barrière de roseaux, dispersant le jade des lentilles d'eau telles des sauterelles affolées. Louis leva la voile. Animée d'un frêle balancement, la barque glissa, silencieuse, vers la berge. Deux cygnes blancs l'accompagnèrent, entraînant dans leur léger sillage des myriades de bulles d'air. Des agrions bleutés brassaient l'air tiède au-dessus d'un champ violet d'iris d'eau. Soudain, alors que l'étrave fine de *La Glorieuse* butait dans l'herbe, un effluve de menthe pouliot ricocha sur la voile écarlate pour disparaître aussi vite. Un martin-pêcheur, un peu ivre de rosée, se posa sur le haut du mât. Le jeune homme, assis sur son banc, leva la tête, l'observa avec intérêt. Mélange de bleu et de turquoise, teinté de roux, le bec long et pointu, l'œil noir en alerte, le petit oiseau coloré scrutait la surface des ondes, insensible à la présence de l'homme. Il s'élança, flèche bleutée, fila d'un trait au ras de l'eau, plongea, ressortit bientôt, sa proie serrée dans le bec. Son nid devait se trouver dans un terrier qu'il avait lui-même creusé – fait rare chez les oiseaux –, là-bas sur la rive, caché dans les broussailles, protégé des regards, à l'abri des museaux fureteurs. Des lambeaux de brume traînaient encore, s'effilochaient à la surface du lac. Louis, de toute son âme, s'imprégnait de cette sérénité matinale.

Vif comme le vent, un troglodyte se faufila entre les cailloux. Son cri sonore et bref entailla le silence. L'oiseau exprimait sa joie de retrouver le confort de son nid rond comme une boule. Louis descendit de la barque, affala la voile et la roula avec soin, attacha les deux bouts avec un cordon. Il déposa dans un panier deux ombles chevaliers et une truite. Les robes visqueuses lui salirent les mains. Il les essuya dans l'herbe fraîche et mouillée, dérangeant une couleuvre à collier qui déplia, souple et rapide, son long corps fluide. Louis éclata de rire. Le reptile n'était jamais à la hauteur de sa réputation. Même la vipère aspic n'attaquait que si elle n'avait pas d'autre solution, car les serpents sont de nature très craintive. Louis se mit en chemin pour regagner son havre. Son père lui avait enseigné combien la nature était riche pour l'homme qui savait regarder autour de lui. Ainsi remarqua-t-il, à cent mètres de la berge du lac, un bouquet frémissant de tussilage. La tige était raide, recouverte d'écailles rougeâtres. Comme le forsythia, la plante produisait sa fleur avant de mettre ses feuilles. C'était le moment où elle était comestible : crue, dans la salade, cuite, avec un arrière-goût de foie de veau. Une bonne fricassée accompagnerait le poisson. Il saliva à cette seule évocation. Ayant hérité du savoir ancestral transmis de génération en génération, Louis connaissait aussi les autres vertus de la plante. En tisane, le tussilage était un excellent remède pour soulager rhumes et maux de gorge. Séchée et brûlée, transformée en poudre légèrement salée, la plante fumée apportait à l'asthmatique une sensible amélioration à son état.

Louis referma sa besace et s'engagea sur le chemin. Malgré l'heure matinale, l'air était tiède. Il aperçut un troupeau de mouflons en train d'escalader la pente raide d'une crête. Il aimait cette Auvergne, forte, sauvage, imprévisible et puissante. Il aspira avec vigueur une large goulée d'air et pénétra dans le bois de sapins. Une brise légère fusait entre les arbres. Des écureuils affairés épluchaient des pommes de pin craquantes. De multiples trognons, au pied des arbres, témoignaient de leur intense activité. Des pies s'apostrophaient avec impertinence, réglant quelque vieille querelle.

Le jeune homme sortit du bois, changea de bras le panier d'où montait déjà un léger relent de poisson, traversa une clairière pentue où deux génisses en mal de vivre se livraient une farouche bataille pour un tout petit coin d'herbe tendre. L'œil méchant, le souffle saccadé, les adversaires se faisaient face, raclant des sabots la terre dont elles faisaient voler des mottes ébouriffées. Leurs mugissements allaient *crescendo*. Les clochettes pendues à leur cou tintinnabulaient : le son grave de l'une épousait celui de l'autre, plus aigu. Soudain, elles s'élancèrent. Le choc sourd des fronts qui se heurtèrent et le bruit des cornes entrechoquées alertèrent un taureau qui tourna la tête vers la bataille, puis reprit sa lente mastication. Il se faisait vieux, et de telles simagrées l'ennuyaient. Louis, amusé, s'arrêta pour regarder l'affrontement. Hélas ! Pour l'une, qui n'était pas dans le sens de la pente, l'affaire fut rondement menée. Perdant pied, elle bascula et s'affala sur le sol. L'autre, victorieuse, donc magnanime, s'approcha lentement et la regarda avec l'air de dire : « Allez, la Rousse, je pourrais t'encorner, mais je sais être clémente. Relève-toi. »

La perdante ne l'entendit point de cette oreille, qu'elle avait d'ailleurs un peu sourde. Elle se releva péniblement et, mine de rien, pendant que sa conquérante retournait à son savoureux plant d'herbe, elle décocha une terrible attaque dans son arrière-train. La douleur fit virevolter la belle avec une certaine grâce. Plus de pardon. L'œil était sombre, le meuglement fit trembler le faîte des hêtres. Elle se rua sur l'impudente ; le combat fut vite à son avantage. Elle coinça une de ses grandes cornes sous le licou et empêcha, par une savante torsion, la belliqueuse de respirer. « Pouce ! » semblait-elle dire, enfin conciliante.

La furieuse lui fit baisser la tête jusqu'au sol, dégagea sa corne d'un coup sec. L'autre ne la regarda point. La leçon était claire. Elle se détourna et gagna prudemment le bout opposé de la clairière.

Louis reprit son chemin. Le sentier griffait d'un ton plus clair l'épaule ronde du volcan. Le logis fut bientôt en vue. Encastré dans un rocher, il avait été bâti en fonction du relief. Si l'architecture du pays se voulait simple, il n'en était pas de même pour la porte de la demeure ancestrale qui, depuis fort longtemps, restait une curiosité pour le pays, une interrogation aussi, mais il n'y avait plus personne pour donner la réponse. Il accéléra le pas et atteignit l'entrée.

À double battant, le droit s'encastrait dans une butée finement ouvragée. Chaque panneau était clouté de grosses pointes en bronze à tête octogonale. Elles rehaussaient de leur contour volutes et arabesques ciselées par un créateur inspiré. Un gros anneau terni permettait de tirer la porte.

Le linteau sur lequel pivotaient les battants était formé de deux colonnettes torsadées où s'entrelaçaient, vivaces, feuilles, vrilles et grappes de raisins gravées avec talent. Deux demi-courbes, se rejoignant en ogive légère au sommet, encadraient une étrange composition symbolique, qui conduisait alors tout passant à la réflexion : sur des vagues ondulantes, une étoile à cinq branches enfermait un soleil dont les rayons butaient contre ses angles. Un œil fixe, à la paupière bien ouverte, se tenait en son milieu, encerclé par une demi-lune. Une inscription gravée à la gouge incitait les visiteurs à décrypter à la fois motif et message : *Felix qui potuit rerum cognoscere causas*[1]. Accolé à la porte, un superbe massif de myrte épineux lançait avec insolence le rouge vif de ses fruits, petites boules rondes collées au vert lustré de ses feuilles. De l'autre côté, sentinelle impavide, un vieux chêne montait la garde, à demi asphyxié par un lierre amoureux. Le corps noir d'un gros merle, locataire des lieux, se détachait sur une branche ; il sifflait un vieil air de connivence avec son compère, le geai bleu au plumage bigarré, qui nichait au centre de l'arbre.

La bâtisse, dénommée *L'Étoile de Sirius*, construite en gros blocs de basalte, avec ses

1. *Heureux celui qui a pu pénétrer les causes secrètes des choses.*

larges fenêtres orientées vers le sud, surplombait le lac. Le climat rude exerçait sur tout l'habitat une forte sollicitation. Les écarts de température transformaient la neige en eau ou en glace. Si la charpente était plate, elle avait tendance à la retenir, et si elle fondait avec lenteur, elle provoquait çà et là des fuites dans la toiture. Plus pentue, elle accélérait la chute et l'amoncellement le long des murs, ce qui, à la longue, provoquait de l'humidité. Les compagnons avaient choisi du châtaignier pour la charpente ; les arbalétriers, pièces maîtresses, suivaient le rampant de la toiture sur lequel s'appuyaient les pannes ; les chevrons, eux, supportaient la volige. Cette apparente complexité était pourtant du meilleur effet. Le toit de lauzes grises, mouchetées de claires, ressemblait à s'y méprendre aux écailles d'un gros poisson qui faisait le dos rond. Des poutres de bois sculpté encadraient fenêtres et portes. La demeure se distinguait des autres habitations de la région par une sorte de pigeonnier planté en son milieu comme une lance dirigée vers le ciel, et surtout par ce rocher avec lequel il faisait corps.

À l'intérieur, l'architecture était de toute beauté : une immense voûte coffrée, soutenue en son centre par des colonnes qui s'évasaient au sommet, telle une fleur éclose. Le rocher débordait de partout, les murs avaient été bâtis autour de lui. Mariage harmonieux de la nature et de la main de l'homme, étrange résultat où la présence massive du roc ajoutait à la beauté initiatique du lieu. Le sol en dalles de pierre supportait le poids des meubles, tel un grand lit clos en chêne massif dont les panneaux en merisier étaient habillés de motifs celtiques, réminiscence de la tribu des Arvernes. Un banc-coffre, lui aussi ouvragé, placé à la tête du lit, servait de table de nuit ; une lampe tempête, une bouteille de veillée, ventrue à souhait, étaient posées sur le dessus du plateau. Un très beau livre, relié en maroquin serti d'or, reposait sur un lutrin ouvragé.

Une vaste cheminée abritait deux bancs de chaque côté, un coffre à sel portant en son milieu un pentacle gravé en relief, et partout, suspendus à des clous, aux poutres, aux murs, des bouquets de plantes en train de sécher tête en bas. Ce mélange de parfums un peu amers flottait, impalpable, dans l'immense pièce, enivrait celui qui pénétrait pour la première fois dans ce lieu destiné à porter secours. Une fontaine en cuivre, posée sur un bâti en noyer, était fixée au mur. À sa gauche, une large table en châtaignier, entourée de six chaises paillées, nanties d'un dossier très haut et ouvragé, s'amenuisant au sommet, campées sur des pieds sculptés en chapelet. La présence du rocher ne facilitait guère l'ameublement de la pièce. Un magnifique dressoir aux couleurs contrastées se tenait dans un coin, en biais. Ses traverses festonnées supportaient bocaux et carafons pleins de la lumière des potions et des onguents déjà préparés par la main experte de Louis.

À droite de la cheminée, un siège original captait d'entrée le regard. Massif, décoré de lunes, étoiles, figures énigmatiques, taillé, semblait-il, tout d'une pièce dans le même billot de bois, il permettait de s'asseoir en ayant les avant-bras posés sur les accoudoirs galbés. Deux oiseaux de nuit, sculptés tout en haut du dosseret, montaient la garde. Un petit repose-pieds sans fioritures particulières, un guéridon couvert de fioles complétaient le mobilier. À la gauche de l'âtre, un long meuble assez haut. Sa surface était occupée par des cadres en bois, grillagés, légèrement surélevés afin que l'air circule, parsemés de feuilles et de fleurs en couches minces pour éviter qu'elles ne s'abîment. Leurs couleurs différentes faisaient penser à la palette d'un peintre et composaient un ravissant tableau. Louis entretenait une douce chaleur pour réussir leur conservation, car plantes et fleurs devaient conserver leur couleur d'origine, ce qui était une garantie de fraîcheur. Louis passait ensuite à la phase de préparation de sa cueillette. Il la disposait dans les divers récipients prévus à cet effet, étiquetés avec soin pour ne point commettre d'erreur un jour de précipitation. La date de récolte s'affichait, soulignant ainsi l'efficacité de la plante. Il tenait par-dessus tout à ne garder que des produits sains dont le temps n'avait pas altéré les pouvoirs, et n'hésitait pas à jeter tous ceux qui étaient abîmés. Ensuite, il préparait des fiches sur chaque remède afin que ses patients n'y perdent pas leur latin. Il y avait donc les infusions, les macérations, les décoctions, toutes réalisées grâce à des recettes différentes. Sans oublier les teintures et extraits qui, eux, faisaient appel à l'alcool ou à l'éther. Il marquait les dosages qui s'appliquaient à chaque cas. L'aïeul l'avait aidé en lui léguant un tableau des plantes, des troubles et des maladies qu'elles pouvaient atténuer ou guérir.

Dans une pièce attenante, creusée à même la roche, se tenait une vaste cuisine avec son évier de pierre, son petit buffet fromager aux vantaux ajourés qui permettaient à l'air de pénétrer, favorisant ainsi la ventilation. Un établi, dont le bois strié de rigoles témoignait des travaux de préparation des ingrédients, était couvert d'ustensiles divers. Il y avait des bols en bois, des vases en porcelaine, des bocaux en verre et en majolique. Bien alignés dans une rigole profonde, des couteaux, des hachoirs au manche d'ébène. Posés à côté, des mortiers en bronze, des pilons en basalte de tailles différentes.

Louis poussa la porte et se dirigea d'emblée vers la cuisine où il déposa le panier. Il saisit l'un des ombles et, d'un coup sec, lui ouvrit le ventre, en retira les intestins. À la place, il y mit du romarin parfumé, un peu de thym et d'armoise citronnelle. Revenu dans la grande salle, il réactiva les braises, jeta dessus des sarments qui grésillèrent et posa le poisson ainsi préparé sur une grille au-dessus du feu. Des flammes vives l'enveloppèrent un court instant, cuisant la peau qui se détacherait d'un seul coup de la chair, quand le moment de la dégustation serait venu. Ce n'était pas l'heure de déjeuner, mais y avait-il une heure pour se faire plaisir ? Pendant que le poisson cuisait, Louis prépara les tussilages. Une bonne fricassée ferait l'affaire. Il salivait de gourmandise.

Soudain, de faibles coups retentirent sur la porte. Il ouvrit et ne vit qu'un regard. La tête couverte d'un grand châle, une jeune femme, le visage tuméfié, l'implorait. D'un geste amène, il lui prit la main.

— Entrez, dit-il sobrement.

Elle hésita sur le seuil, inspecta la salle et se décida.

— Il fallait que je vienne ; vous seul pouvez quelque chose pour moi. Le vieux Firmin n'a rien pu faire.

Louis lui tendit une chaise, se dirigea vers l'âtre, en retira le poisson afin d'éviter qu'il ne brûle. Puis il s'installa sur le siège aux signes cabalistiques, non sans avoir enfilé avec solennité une espèce de grand manteau noir. Il portait au cou, pendue à une grande chaîne, une moitié de tessère rectangulaire en ivoire jauni, où l'on devinait à peine un *J* majuscule orné de guirlandes. La cassure était irrégulière. Il avait lu, dans le grimoire laissé par l'aïeul, que l'autre moitié portait un *C*, le monogramme du Christ… et que les porteurs des deux moitiés connaîtraient un bonheur éternel après en avoir joint les fragments.

Il se pencha vers la femme, ressentit son inquiétude :

— Vous souffrez d'être ainsi défigurée. Je vais vous aider à retrouver la santé. Que vous a donné Firmin ?

— Des applications de saponaire, c'est bon pour l'eczéma.

— Ne parlez plus, fermez les yeux.

Le châle glissa sur les épaules de la patiente, découvrant un crâne dégarni. Elle avait sacrifié sa chevelure dans une de ces foires pour quelques cotonnades ou autres futiles objets dont elle avait eu envie. Il eut pitié d'elle, puis se ressaisit et se concentra.

Peu à peu la chaleur envahit ses mains, qu'il maintenait près du visage érubescent. Elle devint vite insoutenable. Sa respiration s'accéléra. Il souffla alors sur la bouche et les yeux de la femme. Il changea la position de ses mains, posa l'une sur la poitrine, l'autre sur le sommet du crâne. Lourdes et chaudes, elles aspiraient le mal. La femme bougea, émit quelques sons inintelligibles, ouvrit les yeux. Son regard opaque et fixe, un instant, s'éclaira. Puis la chaleur s'estompa, le froid prit le relais. Louis frissonna, serra contre lui la cape qui l'enveloppait tandis que la malade se levait de sa chaise avec une vivacité de bon augure.

— Ça pique et ça gratte déjà moins, dit-elle, reconnaissante. Le Firmin ne vaut plus rien ! Tenez, c'est pour vous.

Elle tendit une escarcelle qu'elle avait sortie de son corsage. Il repoussa sa main.

— Non, ça va aller comme ça.

— Mais j'ai sacrifié mes cheveux pour vous ! s'exclama-t-elle, mécontente.

— Alors je prends ceci.

Il préleva trois sous, se dirigea vers la cuisine, revint avec une truite qu'il enveloppa dans un chiffon.

— Vous êtes la fille de Roland Boyer ?

Étonnée, elle acquiesça, mais repoussa le présent avec répulsion.

— Je ne peux pas la prendre car elle vient du lac maudit qui porte malheur.

Il rit.

— J'en mange tous les jours et je vais très bien !

— Oui, mais vous, vous êtes le mage, rien ne vous atteint, même pas la Vouivre ! dit-elle en se signant.

La Vouivre, c'était la sanie qui rampait, se cachait, s'enkystait, habitait l'eau sombre du lac. C'était la magicienne des ténèbres.

Louis ne voulait pas qu'elle reparte les mains vides. Il se dirigea vers le guéridon couvert de fioles, en choisit une. Un liquide légèrement ambré bougea dans la bouteille.

— C'est du baume de couleuvre, dit-il. Vous vous en passerez sur tout le visage un soir de pleine lune. Vos plaies seront cicatrisées sous deux jours.

Louis donnait tout de lui lorsqu'il soulageait les malades et, se sentant fatigué, souhaitait qu'elle s'en aille. Il la reconduisit à la porte.

— Demain, tout ira mieux. Au revoir.

Elle le salua, remit le châle sur la tête et s'engagea sur le chemin du retour.

Pendant quelques heures, il serait faible, le temps de digérer le mal et de le chasser de son corps, comme il l'avait chassé de celui de la femme. Il ajouta deux grosses bûches dans la cheminée, ouvrit le coffre à sel, jeta une poignée dans les flammes : le sel crépita joyeusement. La pluie n'était pas pour ce soir. Lorsque le temps devenait humide, le sel fondait sans bruit, c'est ainsi qu'il savait si l'orage ou le soleil serait présent le lendemain. Il s'allongea sur le lit, se couvrit de l'édredon et s'endormit. Ainsi était-il le seigneur du lac, le leveur de maux, celui vers qui montaient éclopés, envoûtés, possédés, ensorcelés, dans l'espoir qu'il possédait le contrepoison, l'antidote, le fluide pour briser le sortilège dont ils étaient victimes.

Ce matin-là, le jeune homme partit, armé d'un long bâton terminé par une fourche à deux dents. Il devait être particulièrement attentif car la chasse à la couleuvre n'était pas de tout repos. Il s'intéressait surtout à la blanche portant deux raies noires sur le dos. C'était la meilleure pour préparer le bouillon. Tandis qu'il marchait en furetant, il avisa sous les feuillages des escargots petits-gris dont il ferait, pour son usage personnel, une savoureuse *cargolade*. Passés au gros sel, arrosés de vinaigre dont l'acidité les obligerait à baver, rincés puis égouttés, ils finiraient, après un jeûne de quinze jours, sur un feu de sarments, arrosés de lard fondant contenu dans un capucin. Louis était partagé. D'un côté, il répugnait à occire toute bête, et de l'autre il se disait qu'il fallait bien qu'il se nourrisse.

Débusquant une couleuvre sous les frondaisons, il mit le pied dessus et, d'un coup sec, lui immobilisa la tête avec le bâton. Elle ondulait avec frénésie, cherchant à échapper à son oppresseur. En vain. Il l'assomma d'un coup brusque. Elle se raidit après quelques convulsions et cessa de vivre. Louis se pencha, saisit le corps froid, s'assura de sa mort, la mit dans sa besace. Sur son ventre ballottait une gibecière pour abriter ses prises. Une musette enfilée en bandoulière tressautait sur son dos et servait au ramassage des plantes. Une branche de chêne lui gifla le visage. Il cueillit au passage un gland vert jade qu'il mit dans sa main, le fit rouler au creux de la paume, caressant des doigts le poli satiné de l'écorce et le rugueux du chapeau. Il regagna *L'Étoile de Sirius*, satisfait de ses différentes récoltes. Un long et patient travail l'attendait. Vider le contenu de chaque carnassière, le trier, le préparer pour qu'il devienne actif. Les escargots furent mis à la diète et déposés sous une cloche en fin treillis bordé de bois. Trois couleuvres se balancèrent bientôt, pendues à des crochets. Elles étaient longues et dodues. Il en saisit une, commença de la peler sur son établi à la façon d'une anguille. Puis il lui sortit les entrailles, la nettoya avec soin et la suspendit à l'abri de la lumière afin qu'elle séchât. Il répéta la même opération pour les deux autres. Dans quelques semaines, les serpents seraient prêts à l'emploi. Il les taillerait en morceaux puis en pilerait une partie avant de les lancer dans l'eau salée et bouillante du grand chaudron de cuivre. Une heure de cuisson donnerait un bouillon au goût de soupe de poisson qu'il mettrait en bouteille afin d'apaiser, à titre préventif ou curatif, rhumes, douleurs musculaires ou constipations. Il conserverait la substance graisseuse qui, appliquée en baume, accélérait la cicatrisation des plaies et calmait les démangeaisons dues à l'eczéma. Louis saisit la gibecière débordante de fleurs et de plantes en tout genre et lia les jeunes extrémités de rameaux d'armoise, en fit un gros bouquet qu'il suspendit au-dessus de la cheminée. Cette plante avait la réputation de protéger de l'envoûtement si redouté. C'était, pour d'autres, l'herbe de la Saint-Jean. Lorsqu'il eut fini de trier les plantes et suspendre ses bouquets, Louis prit quelque repos en s'asseyant dans le fauteuil. Près de lui un livre, vieux grimoire appartenant à Léonard, son grand-père, qui se révélait être chaque fois qu'il en lisait une page d'une grande richesse. Grâce à lui, le jeune homme avait tout appris de son métier : les conseils, les mises en garde, les recettes qu'il s'efforçait de suivre afin de guérir et non de mettre en péril la vie de ses malades. Il regarda l'abécédaire : « plantes ». De l'index, il nota la page, saisit le mince ruban rouge, fané par le temps, et commença sa lecture. Il connaissait déjà ces lignes lues et relues, mais il ne cessait de s'en imprégner afin de ne pas perdre ce fil tenace qui le reliait ainsi à son aïeul. Louis lisait, tournait les pages non sans précaution – le vélin était si vieux –, s'imprégnait de la pensée de Léonard. Lorsque, avec son père, ils étaient arrivés d'Italie, ils avaient trouvé la grande demeure vide et la tombe de Léonard tout près des berges. C'est ce qu'il souhaitait. Un an après, ce fut le tour de Martin de quitter ce monde et l'adolescent, éperdu de chagrin, resta seul. Il mit à profit son isolement pour parfaire sa science des plantes et des fleurs grâce à l'énorme livre qu'avait laissé son grand-père. L'écriture de l'ancêtre était élégante, les pleins et les déliés respectaient une ligne droite imaginaire :

Il va te falloir regarder à tes pieds, plus près du sol, avec une grande humilité, et les plantes que tu y trouveras te permettront d'exercer la plus noble des activités : guérir tes semblables, apporter un soulagement à leurs maux. Suis ce conseil solennel : n'use jamais de la sainte science pour faire le mal, tu déchaînerais les forces obscures et tu y perdrais la vie. Les graines des plantes sont vivantes, elles possèdent une intelligence. Il y avait dans la grotte divers semis qui devaient y séjourner depuis des siècles. Le froid les avait conservés en état d'hibernation. Lorsque je les ai mis à la chaleur, près de l'âtre, certains se sont mis à germer. Ainsi trouveras-tu, non loin de la maison, du galinsoga, du coquelicot et du mouron des champs, issus de ces ferments séculiers. Endormis comme nos volcans, ils nous réservent la surprise de s'éveiller plus vivaces que jamais. En sera-t-il ainsi pour les démons du feu ? Toi ou tes descendants pourrez le dire… N'oublie pas le vent porteur de semences : il lui plaît de les transporter où il veut.

Louis s'arrêta de lire. Quelle grotte ? Il n'en avait pas trouvé dehors et encore moins dans la maison. Que voulait dire Léonard ? Faisait-il allusion à la devise de la porte d'entrée ? Ces questions le taraudaient mais restaient hermétiques. Une page était consacrée à la description d'une plante. En face, la plante séchée était collée et son rhizome dessiné. Venaient ensuite ses caractéristiques et la recette qui en découlait. Le jeune homme feuilletait le livre riche de secrets ; au hasard des pages, une recette oubliée lui revenait en mémoire. La barbarie des mots latins employés par Léonard s'adoucissait en fin de ligne par la traduction. Bref, il détenait l'arsenal propre à tout leveur de maux qui se respectait. Outre les recettes laissées par l'aïeul, dont il se servait avec un certain bonheur, Louis avait une espèce de sixième sens pour améliorer le pouvoir des potions et des onguents qu'il employait pour accélérer une guérison. De bon matin, il partait en quête de ces plantes magiciennes qui aidaient les hommes à atténuer sinon guérir leurs maux.

Un bruit de roues qui cahotaient sur le chemin interrompit sa lecture : des piétinements, une voix sourde qui se querellait avec une autre plus aiguë, accompagnées de borborygmes glaireux. Il ouvrit la porte et découvrit un singulier spectacle. Un garçonnet âgé de quatre ans environ, recroquevillé dans une brouette poussée par un homme qui devait être le père, était agité de mouvements désordonnés, accompagnés d'un rictus et de gargouillis qui lui révulsaient son visage. Engoncé dans une cape en bure, vêtu d'un pantalon marron de drap grossier et d'une blouse de lin bleu foncé, l'homme, coiffé d'un feutre à large bord, chaussé de sabots, avait tout de celui qui trime sur une terre revêche. Elle, pas très grande, le teint blafard, de petits yeux noirs égarés, vêtue d'une mauvaise robe à carreaux qui laissait apparaître sa maigreur, paraissait épuisée. Elle portait un châle noir, et sa coiffe tuyautée cachait une partie de son front.

— Aidez-moi à le sortir, demanda Louis. Depuis quand est-il dans cet état ?

— C'est dans la nuit que ça l'a pris. Hier, il était tout à fait normal.

— C'est le démon qui l'habite, dit la mère en se signant.

Terrifiée, elle s'approcha de son enfant et tenta de l'attraper sous les aisselles. Le père, tout aussi apeuré, le souleva tandis que Louis les aidait à entrer dans la salle. La mère voulut le déposer à terre. L'innocent, les yeux fous, tournoya sur lui-même et retomba. Les parents tentèrent de le relever. Le garçonnet fut pris de convulsions. Pendant ce temps-là, Louis avait pris une fiole sur la table.

— Pouvez-vous le tenir, le temps de lui faire avaler ma potion ? Il a certainement croqué des baies de belladone.

Les parents, arc-boutés, maintenaient bras et jambes. L'enfant, bouche ouverte, reçut des gouttes de l'antidote : un mélange de décoctions de valériane et de fraxinelle. Il se calma à l'instant, surpris par le goût amer et passant sa langue sur ses lèvres, reprit une respiration normale. Louis mit alors ses mains l'une sur le cœur, l'autre sur le front comme il l'avait fait pour la femme. Le mal quitta l'enfant, envahissant le corps de Louis. Le petit cessa de gesticuler. Les parents relâchèrent leur étreinte. Ô stupeur ! Il dormait !

La mère s'agenouilla, saisit la main de Louis et la baisa avec ferveur.

— Merci, dit-elle.

Louis sourit.

— Vous connaissez les poisons qui vous entourent, montrez-les-lui lorsque vous en rencontrez et apprenez-lui qu'il ne doit pas toucher et manger n'importe quoi.

Il porta l'enfant vers la brouette et l'y déposa. Les parents repartirent rassurés, non sans avoir tendu au leveur de maux quelques sous qu'il refusa. Il attendit que la nuit tombe et se dirigea vers le pré qui jouxtait la maison, s'étendit à même le sol. Il fallait qu'il retrouve son allant pour continuer à guérir ses semblables. S'unissant aux forces que dégageait la terre, il sentit un léger vent courir sur sa peau et peu à peu s'apaisa. Tout n'était que calme et beauté. Il perçut au loin, vers Montchal, porté sur les ailes de l'aquilon, le tintement grave des clarines et le meuglement d'un veau apeuré, et s'endormit. Lorsqu'il s'éveilla, il faisait nuit. Reine de l'obscurité frémissante d'étoiles, une dame blanche glissa dans l'air, froissant à peine ses ailes de soie, porteuse d'un au-delà mystérieux. Il eut le temps d'apercevoir un masque blanc, en forme de cœur auréolé de roux, autour de prunelles d'acier qui avaient le pouvoir de pénétrer l'invisible. Le jeune garçon y vit un signe. Lorsqu'il ferma la porte, il avait, sur le visage, un sourire serein.

Bien calé dans son fauteuil, Louis, après avoir dîné, reprit le grimoire et poursuivit sa lecture :

J'écris sur du papier tiré d'un arbre sacrifié et je suis ému, la plume en arrêt, devant le lien entre le bois et la page, l'écriture et la forêt. Et moi, simple mortel, je retournerai à l'humus pour servir de nourriture aux racines d'un arbre, qui, abattu, transformé, recevra la pensée d'un double de moi-même, peut-être imbibé de mes souvenirs. Quelle aventure ! Quelle belle leçon d'humilité !

Comment ai-je découvert que j'avais reçu un don ? À Crémone, Stradivarius s'était blessé au doigt avec une gouge. Je m'étais précipité avec un mouchoir, car il saignait beaucoup, pour éponger le sang qui coulait de la plaie. Avec le respect que tu peux deviner, j'ai pris entre mes mains ses mains divines. Alors que la gauche reposait dans ma paume, j'ai senti une chaleur sourde m'envahir, parvenir à la pointe de mes doigts. Le maître m'a regardé, surpris : « On dirait que tu m'enlèves la douleur, ma blessure ne saigne plus. » J'avais alors posé mon autre main au-dessus de la plaie.

La blessure a cicatrisé en deux jours. Stradivarius a pu se resservir de son doigt le lendemain et retourner à son art. Troublé, afin de vérifier s'il n'y avait pas une coïncidence, j'ai, deux jours plus tard, enlevé le feu à un enfant qui s'était brûlé en se renversant une assiettée de soupe bouillante sur les jambes. Les douleurs du jouvenceau ont disparu. Comment douter de mon pouvoir ? Ce don naturel, cadeau de la Providence, allait me conduire vers Sylvio Tomasini, guérisseur de son état, qui m'apprit la science du pendule et des plantes. C'est mon maître, celui qui m'a enseigné à écouter avec les yeux de l'esprit et de l'âme.

Louis, rêveur, passa une main sur son front. Lui, il avait dès l'enfance eu conscience de son pouvoir. Lorsque l'un de ses camarades de jeux tombait et s'écorchait le genou, instinctivement, il posait ses mains au-dessus de la blessure qui, dès le lendemain, avait presque disparu. Au début, il avait eu peur mais s'était accoutumé à ce don de guérisseur qui, contrairement à ce qu'il pensait, avait fait fuir ses amis. Désormais, ils le regardaient avec crainte. Était-il un sorcier ? Venise l'avait-elle engendré parmi les pieux qui la soutenaient ? Tout ce qui paraissait anormal provoquait chez l'humain un rejet. Mais, peu à peu, les paysans admirent que Louis ne faisait que le bien. Ils arrivèrent en masse et certains venaient de loin pour qu'il les soulage. Lorsqu'il n'y avait aucun signe apparent de maladie, il promenait ses mains sur le corps du malade et, lorsqu'elles commençaient à le brûler, il savait où se tapissaient les causes de la souffrance de l'homme ou de la femme qu'il examinait. Il se produisait alors une sorte d'alchimie entre eux. Il donnait un médicament mais les avertissait. Si le mal était trop avancé, il ne pouvait plus rien pour eux.

Louis referma le lourd volume, se leva, massa sa nuque endolorie et se dirigea vers la porte. Il avait besoin de réfléchir à tout ce qu'il venait de lire. Il avait soigné et veillé son père jusqu'à la fin et s'en voulait de ne pas avoir su le prolonger un peu plus. Il lui manquait tellement. Quelque temps plus tard, une biche qui se désaltérait avec son faon aperçut au loin une voile rouge qui jetait un éclat de couleur sur le vert glauque du lac.

II

Marie

CORNIL, AVRIL 1806. Un pincement aigu au bas du dos l'alerta. Elle grimaça, changea de bras le panier lourd de promesses odorantes. Le sentier montait à l'assaut du plateau où Gauthier gardait le troupeau du père Terrade. La mère avait déposé dans une gamelle du râble de lapin, des topinambours encore chauds du jus savoureux, quelques *tourtous* de sarrasin. Cette prodigalité inhabituelle adoucirait la solitude du « Silencieux ». Tel était le surnom du fils aîné qui jamais ne parlerait. Essoufflée, elle posa le cabas à terre. Aurait-elle la force d'atteindre Puy-Marut ? Elle se cambra, se tenant les reins, soupira. Une crampe plus forte l'immobilisa alors qu'elle se penchait pour reprendre le repas. Elle gémit. Vite, retrouver Gauthier, s'apaiser contre sa poitrine. Les jambes lourdes, le ventre dur, elle pénétra dans la moiteur du bois. Les oiseaux pépiaient avec allégresse, lançaient leurs trilles mélodieux. Des écureuils, se jouant de la pesanteur, sautaient d'arbre en arbre, elfes insouciants. Marie, le visage crispé, tentait de chasser la douleur de son corps. Le supplice la taraudait, propageait ses ondes incontrôlables, encerclait ses hanches, devenait insupportable. Elle haletait.

Lâchant une nouvelle fois le panier, elle agrippa une branche de hêtre. Une vague puissante la souleva. Révulsée, elle ferma les yeux et cria. Un liquide chaud coula entre ses jambes, mouilla les bas de laine, s'infiltra dans les sabots. La houle s'intensifia. Les plaintes de Marie montaient vers la voûte feuillue. Elle se mordit les lèvres. Son visage était plissé par l'épreuve. Les élancements déferlaient en flux et reflux réguliers ; aux instants de répit de plus en plus courts succédaient des pics aigus, du bas-ventre jusqu'au nombril, où l'intensité des brûlures devenait intolérable. La forêt écoutait l'écho de cette douleur. Au loin, un grondement assourdi annonçait l'orage… Des éclairs orangés trouèrent la ramée. Le silence se fit. Elle lâcha prise, frotta ses mains meurtries, puis emprisonna son ventre endolori et s'écroula, la respiration saccadée. Se tordant à terre, elle pleurait, implorait Dieu… Soudain, une terrible impression d'éclatement. À demi assise, elle redressa le torse, remonta avec maladresse jupe et jupon, ouvrit les cuisses. Les premières gouttes s'écrasèrent sur les jeunes feuilles, abreuvant les couleurs fraîches et tendres.

Arc-boutée, elle poussait hors d'elle un fragile souffle de vie. Une contraction plus forte, un glissement : il était là, chaud, le corps recouvert d'un enduit blanchâtre. Elle replia ses jambes, le coucha sur son tablier... Des images rapides affluaient. Serrant l'enfant, Marie attira à elle le panier renversé, saisit un couteau. Les mains tremblantes, elle trancha le cordon, fit un nœud, renversa le petit corps tête en bas. Le bébé n'émit aucun son. Inquiète, elle tapota le dos minuscule, les fesses, le redressa, regarda enfin ce visage hermétique pour y surprendre la vie. Le corps bleuissait ; elle le serra contre elle, très fort. La pluie, patiente, avait percé la feuillée. Des larmes de deuil lavaient la mère et l'enfant. Terrifiée, elle prit conscience qu'elle venait de donner le jour à la mort...

La vision humiliante de ce soir d'automne où l'inconnu l'avait souillée s'imposa. Mais, bien vite, des contractions violentes reprirent possession de son ventre, lui lacérant le dos, tandis qu'accrochée à l'enfant mort elle expulsait ce qui l'avait nourri pendant six mois. Elle tenta de se relever. Appuyée contre le tronc, frissonnante, elle sanglotait. Le petit cadavre inerte gisait dans ses bras, tête renversée, misérable gnome issu d'une malédiction. Trempée, sale, incapable de bouger, elle attendait que la pluie cessât. Soudain, dans son cou, un mufle chaud, des aboiements plaintifs. Le chien de Gauthier lui léchait le visage, respirait l'enfançon. Son frère fut bientôt devant elle, interdit, regardant horrifié ce désordre de femme fait de chair et de sang. La stupeur figeait son visage : les sourcils relevés, les yeux élargis, les narines soudain gonflées, le nez déformé, la bouche ouverte, incrédule.

— Gauthier, murmura-t-elle, décomposée.

Elle lui tendit le corps. Il se pencha, le saisit non sans quelque répugnance et attira Marie contre lui.

Elle céda à cette chaleur humaine, oubliant une fragile seconde la laideur du présent. Levant son beau visage, d'un doigt elle lui ferma un instant les paupières. Il sut, par ce geste qui les liait depuis la petite enfance, qu'elle lui demandait le secret. Elle parla ensuite avec une lenteur calculée, détachant chaque syllabe avec soin. Elle voyait qu'il suivait chaque mouvement de ses lèvres. Il avait compris. Elle répéta « jamais ». Il grogna et hocha la tête.

L'orage s'était éloigné, les oiseaux emplissaient à nouveau l'air de leur insouciance. Marie se pencha, saisit la serviette à carreaux rouge et blanc qui protégeait le repas, enveloppa le frêle cadavre glacé, non sans en avoir baisé la tendre bouche et fait un signe de croix sur le front. Puis ils remontèrent vers le pâturage. Gauthier l'avait prise par la taille, la soutenant dans sa marche. Elle gémissait, exsangue. Lui, muré depuis tant d'années dans un implacable silence, guidait, affligé du léger fardeau, les pas de sa sœur. Il portait à l'autre bras le panier où il avait découvert l'appétissante mais inutile chère.

Elle redescendit le sentier, laissant là-haut Gauthier à ses bêtes. Près du refuge, le léger renflement de terre serait vite aplani par le va-et-vient du troupeau à la recherche de l'herbe grasse. L'enfançon avait été inhumé, orienté vers le soleil levant, symbole de la lumière qui renaît, triomphant ainsi des ténèbres. De toute son âme, elle savait qu'elle l'aurait aimé, bravant les rumeurs, les sourires entendus. Elle aurait oublié le viol, le saccage de son corps, en regardant les yeux de l'enfant s'illuminer d'un sourire, quand, penchée sur le berceau, elle l'aurait appelé par le prénom qu'elle lui avait donné en secret : Louis.

Elle tressaillit en prenant soudain conscience de son aspect physique. Ses vêtements sanglants et froissés allaient attirer l'attention. Son frère lui avait lavé le visage à l'eau de la source et l'avait recoiffée, mais son air harassé ne pourrait abuser Camille, sa mère, trop fine pour croire qu'elle avait fait une mauvaise chute.

Elle obliqua soudain sur sa droite, gênée par l'humidité du jupon qui se plaquait contre ses jambes. Elle irait jusqu'au ruisseau de Branzac. Là, elle se dévêtirait, laverait ses vêtements et son corps malmené dans l'eau claire. Pour une fois, elle mentirait à sa mère, lui dirait qu'elle était tombée à l'eau en essayant de saisir des nénuphars dont la beauté flottante la fascinait.

Une broussaille épineuse interdisait l'accès aux berges. Mais, depuis l'enfance, elle connaissait l'existence d'une brèche par où elle accédait à l'eau avec Gauthier. À plat ventre, elle se faufila par l'ouverture. Une musaraigne agacée fila d'un trait, abandonnant les reliefs d'un repas. Ici, les saules plongeaient leurs chevelures dans l'eau, la mousse était drue et l'herbe moelleuse. Marie soupira et se laissa tomber à terre. Un épervier s'envola dans un grand bruit d'ailes. À la lisière de l'eau, un petit museau curieux émergea. Des yeux ronds, un nez épaté, une moustache de garde champêtre, des oreilles courtes, tout de marron vêtue, une loutre la fixait. Rassurée, elle plongea et ramena dans sa gueule une grosse écrevisse qui gigotait de toutes ses pattes, ouvrant et refermant sur le vide des pinces devenues inutiles, avant d'être écrasée sans coup férir par des dents acérées.

Marie enleva sabots et chaussettes, puis, se redressant, entreprit de délacer son corsage, jetant au loin le sachet de sel qui ne l'avait pas protégée. Le sel avait une grande importance dans la vie courante depuis l'Antiquité. En sorcellerie, il servait à l'exorcisme. Satan l'avait en horreur. Les femmes le savaient bien : elles portaient, glissée dans leur corsage, une amulette avec des grains de sel en nombre impair, qu'elles remplaçaient le plus souvent possible, car ils attiraient à eux le malfaisant et protégeaient le porteur. Les chrétiens, d'ailleurs, baptisaient les nouveau-nés en leur mettant du sel sur la langue afin de chasser le démon de leur corps. Du sang coulait encore le long de ses jambes. Le jupon, blanc à l'origine, en était maculé. Elle le trempa dans la rivière et se lava le corps. Le froid de l'eau lui ôta un instant la respiration. La tête lui tourna. Comme le malaise persistait, elle revint vers la berge et s'étendit sur la mousse.

Des libellules rasaient l'eau, des grenouilles tenaient salon, se racontaient les derniers potins. Marie reprit conscience. Elle se rhabilla difficilement avec le linge mouillé et, frissonnante, tenta de lisser en vain les plis de sa jupe, puis cacha dans le panier le jupon souillé sous de larges feuilles de nénuphar. Des cols-verts attentifs rayaient la surface de l'eau sans se poser et repartaient s'ébrouer sur la berge.

Accablée et meurtrie, Marie avait de nouveau franchi la barrière de broussailles afin de regagner la maison. Elle repéra en contrebas le toit de lauzes. Une fumée claire s'élevait de la cheminée, droite comme un I, pour rejoindre et se perdre dans un champ mousseux de nuages. Tout en bas, elle apercevait le village. Cornil... petit bourg accroché au flanc de la colline. Tout en marchant, elle distinguait la grand-rue rayée en son milieu par une rigole noire et fétide. Les maisons, d'aspect triste et sale, se serraient les unes contre les autres. Les jardinets, où ne poussaient que des légumes chétifs, étaient le fief d'une volaille envahissante qui picorait, grattait le sol avec force, s'ébrouait dans le tas de fumier, caquetait, insolente sous les sabots d'un âne en attente de charrette. Puis, l'église, sa place ronde et mûre comme un fruit, bordée de platanes. Au centre, une belle croix en granit, toute simple. Un puzzle de fermes effilochées sur les pentes dégringolait vers le hameau. Elle passa devant celle des Barberin, où le fils Thomas, un peu niais, lui fit un signe amical de la main, un sourire large comme le bon pain sur sa face simplette. Elle y répondit, le visage fermé, tenant sa jupe humide qui entravait sa marche.

La ferme fut bientôt là. Les souvenirs douloureux se perdirent dans le flou de sa fatigue lorsque Marie arriva exténuée dans la cour. Elle leva la tête vers le balcon, trébucha sur la première marche et gravit l'escalier qui menait à l'entrée. Sur un large linteau, au-dessus de la porte, une guirlande de lauriers entrelacés, portée par deux gracieuses colombes, entourait une étoile à cinq branches dont le cœur renfermait une date, *mai 1706*, et les initiales du couple bâtisseur, *P.F.D.*, Paul et Faustine Darfeuille, ses arrière-grands-parents. Elle pénétra dans la maison. La grande salle était vide. Elle soupira, rassurée. Ils devaient tous être aux champs.

— Maman ? dit-elle, inquiète de voir sa mère présente.

N'obtenant pas de réponse, rassurée, elle se dirigea vers le coffre à habits et, blême de peur d'être découverte, se changea. Miette, couchée sur un coussin, se redressa, s'étira et, sautant de la chaise, se frotta aux jambes de Marie, qui ne la vit même pas. L'horreur de ce qu'elle avait enduré l'après-midi lui brouilla les yeux. Elle s'assit sur un tabouret, la tête entre les mains, et pleura. Ce que lui avait fait subir l'inconnu la hantait encore et, bien sûr, elle détestait les hommes. Seule l'image de son père adoucissait sa peine. Non, il n'était pas de la race des monstres, Augustin, qui vouait à sa Camille un amour respectueux et protecteur.

La sollicitude de son père envers elle était visible et se traduisait par des gestes tendres lorsqu'elle passait à sa portée, ou par l'aide qu'il lui prodiguait dans ses travaux lorsqu'il rentrait des champs. Il ne confirmait en rien l'image oppressante de la virilité exacerbée de l'homme cherchant à démontrer qu'il était bien le détenteur du pouvoir de faire du mal à un être physiquement vulnérable : la femme.

Gauthier, perturbé par ce qu'il venait de vivre, essayait sans succès de retrouver un semblant de sérénité. Levant les yeux, il aperçut un faucon immobile sur un piton. Armé d'un gourdin, il fit le compte des agnelets et houspilla les chiens d'un grand moulinet de bras. Figé sur son roc, impassible, le pèlerin jouait l'empaillé. Gauthier connaissait sa faculté de distinguer sa proie à une très grande distance. Soudain, le prédateur déploya ses ailes immenses, telles des voiles de bateau, les fit claquer et prit son envol. Quelle était la victime déjà condamnée ? Le « Silencieux » inspecta les alentours et ne vit rien. L'oiseau décrivit une large boucle au-dessus de la clairière et piqua vers sa cible. Une volée de tourterelles piaillantes rasa la cime des sapins pour s'abattre en catastrophe sur les rameaux salvateurs. Mais le faucon n'avait pas foncé au hasard. En altitude, il avait observé, détecté, choisi l'esseulée. Déjà agrippée par les longues serres, elle entrait en agonie. Revenu à son point de départ, le funeste rapace l'acheva, lui brisant les vertèbres cervicales.

Gauthier soupira, reprit son canif et, après avoir calmé les bêtes effrayées, cisela des volutes sur les flûtes destinées à Matthieu et Antoine, ses jeunes frères. Soudain, sortant du bois, un chien errant s'avança vers le troupeau. Reniflant l'intrus, Lilas et Cassis se préparaient à défendre leur territoire. Gauthier, absorbé, n'avait encore rien vu.

Les chiens se faisaient face, pattes avancées, poitrine basse, croupe en l'air. Ils grognaient et s'observaient, prêts à l'attaque. Cassis prit le parti de protéger les agneaux et se retira avec dignité. Le combat devint inévitable lorsque l'étranger fit mine d'ignorer la chienne et passer outre. Ils se sautèrent à la gorge. Les brebis affolées refluèrent vers le berger, qui, alerté, bondit sur ses pieds, saisit son bâton et se précipita vers les deux adversaires. Insensibles à sa présence, les combattants, jetés l'un contre l'autre, déjà ensanglantés, ne virent pas la cape s'abattre. Surpris, ils relâchèrent leur étreinte. Gauthier, d'un geste prompt, souleva le tissu et enfourna son gourdin dans la gueule du récalcitrant. Lilas se redressa, regarda son maître et partit en boitillant rejoindre Cassis le sage.

L'autre chien s'apaisa, remua la queue et se coucha à ses pieds en gémissant. Il était grand et roux, d'un roux flamboyant, avec une petite tache blanche entre les yeux. Cette bête devait être perdue. La main secourable du berger s'approcha de son museau. « D'où vient-il ? » pensa Gauthier. Il lui trouva d'emblée un prénom lumineux : Soleil. Puis il ramassa des herbes dont il connaissait la vertu cicatrisante, en fit une espèce de bouillie verdâtre et pansa les bêtes l'une après l'autre. Elles se regardèrent, unies dans un mutuel respect né de leur affrontement, et pactisèrent.

Au crépuscule, étrange étape où la terre passe de la lumière à l'ombre, où les bêtes se couchent d'instinct, le « Silencieux », assis sur un rocher, contempla les bois bosselés, accrochés à la courbe charnue des collines, se fondre peu à peu dans le noir du ciel tandis qu'un couchant incertain palpitait encore au loin.

Il tentait de retrouver son calme mis à mal, l'après-midi même, par l'éprouvante vision de Marie subissant un sort inavouable. Elle avait pour lui la beauté de ses seize printemps : une peau transparente semée de petites fleurs rousses comme l'était aussi sa chevelure. De taille moyenne, mince, un visage sans défauts, des yeux clairs, soulignés de fins sourcils, un petit nez effronté et une belle bouche fruitée.

Après la mise en terre du petit corps, elle lui avait raconté le viol dont elle avait été victime, et pourquoi, honteuse, elle n'avait pas parlé, cachant tant bien que mal sa grossesse, faisant fi des quolibets d'Antoine et Matthieu qui la trouvaient plus rebondie qu'auparavant.

Un jour de septembre, elle allait au moulin de Rabès porter du grain à moudre lorsqu'un homme d'aspect inquiétant s'était approché d'elle et lui avait demandé, avec un fort accent étranger, le chemin de Tulle. Il avait une forte haleine avinée, et ses vêtements sales portaient les stigmates d'une vie agitée. Elle s'était détournée de lui pour lui montrer la direction à prendre, mais il l'avait saisie par-derrière, lui enserrant les bras.

— Tu peux crier, il y a que toi et moi ici, lui avait-il lancé en ricanant.

Jetée et maintenue sans défense à terre, il l'avait prise très rapidement tandis qu'elle suffoquait sous lui, cherchant à éviter sa bouche et ses mains. Elle se souvenait du teint basané, et surtout de ce regard noir dont les pupilles s'agrandissaient au fur et à mesure de la montée du plaisir. Il avait crié au moment de la jouissance. Puis il l'avait laissée là, après avoir réajusté son pantalon et ramassé son havresac. Il était parti sans se retourner. Il lui avait fait mal, terriblement mal. Elle avait mis du temps à se relever, écœurée par le liquide sanguinolent qui coulait le long de ses jambes, s'était essuyée tant bien que mal avec de l'herbe et des feuilles, courbée par des nausées de dégoût.

La nuit enveloppait Gauthier lorsqu'il cessa de penser au drame de sa sœur. Des brassées d'étoiles basculaient lentement vers l'ouest. La lune brillait, diamant incrusté dans le bleu-noir du ciel, tandis qu'au loin fuyait la plaine. Une fraîcheur sournoise s'était glissée sans qu'il y prît garde par le col entrouvert de sa chemise et le mordait aux épaules, descendait jusqu'à la taille. Un grand frisson le secoua. Il se leva et regagna l'abri de pierres sèches.

La ferme et ses dépendances avaient une architecture unique dans une région où toutes les maisons étaient basses. Marie aimait ce mélange de pierres, de bois et de lauzes, et cet étage à balcon qui la différenciait des autres. Son arrière-grand-père Paul, compagnon du Devoir de Liberté, était tailleur de pierre. Il l'avait édifiée, avec l'aide d'autres compagnons appartenant aux divers corps de métier du bâtiment. D'abord, un rez-de-chaussée en pierre de taille, mélange de schistes noirs, de tuf et de pierres blanches, qui servirait d'abri au bétail à venir, et où il pourrait loger le fourrage et les outils agricoles. Une grande porte en bois à deux battants, au-dessus de laquelle se trouvait un linteau orné d'un cœur surmonté d'une croix et des lettres *IHS*, monogramme du Christ, qui se devait de protéger l'étable et ses occupants. Quatre lucarnes laissaient entrer la lumière avec frilosité. Ensuite, là résidait l'innovation, le premier étage était en bois, habillé d'un plancher, élément plus sain que la terre battue. Et, pour terminer, un grenier où l'air circulait librement. L'extérieur en torchis et colombages était du plus bel effet. Les fenêtres, tournées vers la vallée, offraient, les petits matins d'hiver, une vue mélancolique, ricochant à l'infini sur les mamelons des collines poudrées de brume légère. En été, elles donnaient sur le soleil levant, qui venait ourler de pourpre et d'or l'archipel des nuages.

Le balcon, qui encerclait la maison de part en part, était décoré en bois découpé d'étoiles, soutenu par des colonnes de pierre. Pour y accéder, un escalier : quatre marches en dallage, les autres en noyer. Pour finir, la toiture n'était point en chaume, ce dernier prenant feu avec facilité, mais en lauzes, larges et épaisses dalles de schiste reposant sur une planche de volige clouée sur les chevrons servant de support. Seul inconvénient : sous l'effet du gel, du poids de la neige, du dégel aussi, elles étaient saisies d'un lent mouvement de reptation qui les entraînait vers le bas où elles chutaient avec fracas. Mais Paul le savait et avait maintes fois refait la toiture. Martial s'en souvenait encore : il racontait qu'il tendait à son père lichens et mousse, que ce dernier disposait entre les dalles afin d'améliorer l'étanchéité.

À l'intérieur, une grande salle assez claire, où s'élevait une vaste cheminée, le traditionnel *cantou*. Dans le coin gauche, un lit clos, dont les portes ouvragées étaient l'œuvre du compagnon savoyard le Téméraire : en chêne, travaillées à l'onglet, méthode qui permettait les raccordements en biais des moulures sur lesquelles l'ébéniste clouait des motifs en relief. À droite de la cheminée, un coffre dont les dimensions imposantes surprenaient. L'artiste inspiré avait ciselé des rosaces aux multiples croisillons, entourées de rouelles, avec, en leur milieu, une superbe croix. La cheminée, outre le grand chaudron de cuivre, était meublée par deux petits bancs, eux aussi délicatement ouvragés. Le coin de la cuisine comportait un évier assez large. Sur le rebord, le baquet cerclé de fer et sa *couade*, sorte de grande cuillère que l'on plongeait dans l'eau, dont le manche creux laissait sortir un mince filet liquide pour se laver les mains. La grande table rectangulaire en chêne était flanquée de deux bancs. Aux deux extrémités, deux tiroirs contenaient couverts, assiettes en bois ou en terre. Une grosse marmite en fonte, une plus petite, posées à côté de l'âtre. Des bougeoirs en étain disposés çà et là, deux lampes à pétrole sur la table. Un autre lit, à droite de la porte d'entrée, plus sobre que le lit clos, complétait le mobilier.

Martial, le grand-père de Marie, assurait que rien n'avait changé depuis son retour. Il exagérait un peu, car bien des aménagements intérieurs et extérieurs avaient amélioré l'habitat : Augustin ayant fabriqué une poulie servant à hisser les ballots de foin, le fourrage était maintenant entreposé au grenier. Les animaux étaient à l'étable qui jouxtait la ferme, libérant ainsi toute la partie en pierre qui servait d'atelier de menuiserie et de remise. Sur la façade sud s'étalait un cadran solaire dont la couleur ocre illuminait le mur. Réalisé à base de pigments naturels sur un enduit de chaux, il affichait sa devise avec insolence : *Sol lucet omnibus*[1]. L'artiste qui l'avait dessiné avait expliqué les liens créés ainsi avec le cosmos, une façon plus douce d'appréhender le temps.

À l'époque, toute la famille avait accueilli Robert Legarrec, qui sillonnait la France, ses outils sur le dos, son savoir dans la tête. Fascinés, pendant quinze jours à la période du solstice d'été, ils avaient été distraits dans leurs tâches habituelles par l'élaboration du cadran. Il avait fallu exécuter l'enduit, peindre la fresque, préparer les lignes horaires et, enfin, fixer le stylet. Le résultat valait le coup d'œil. Enfermé dans une série de carrés ocre et beiges, un énorme soleil lançait ses rayons en forme de flèches. L'ombre du stylet planté en son milieu se déplaçait au fur et à mesure de la course de l'astre vivant, en indiquant l'heure. Les gros chiffres romains se détachaient sur un fond jaune vif. La devise se trouvait en bas tandis que deux svastikas au sommet entouraient la date de création : *1804*. Ainsi, sans bruit, le temps glissait sur la façade.

---

1. *Le soleil luit pour tout le monde.*

Antoine et Matthieu s'étaient penchés vers la grande boîte à mystère, où divers colorants chatoyaient.

— D'où provient la couleur jaune ? avait demandé Antoine.

— C'est de la gaude, une espèce de réséda, végétal qui fournit cette teinture, avait répondu Legarrec. Vous savez, avait-il dit aux enfants, il y a deux sortes de colorants : ceux qui proviennent des végétaux et ceux d'origine animale.

— Pourquoi y a-t-il tant de rouge ? avait demandé Matthieu.

Patient, le peintre, tout en parlant, délayait ses couleurs pour obtenir la nuance qu'il avait en tête.

— Là, avait-il répondu, pointant un doigt vers l'alvéole qui contenait un rouge écarlate, c'est une teinture tirée de la cochenille qui est un insecte ; celui-là, moins rouge, provient d'un arbre d'Amérique tropicale, le campêche. J'ai beaucoup de mal à en trouver. Je l'achète en Provence quand je vais chercher de l'ocre. Ce rouge-là vient de la garance, plante herbacée dont la racine rougeâtre fournit la teinture.

Marie, attirée par les tons de bleu, avait à son tour interrogé l'artiste sur leur origine et leur nom. Conciliant, il avait trempé un pinceau dans un bleu tirant sur le violet.

— C'est de l'indigo fourni par l'arbre indigotier, que l'on rencontre surtout dans les pays chauds, et celui-là, beaucoup plus pâle, est tiré du pastel, plante fourragère que l'on cultive dans les pays du Sud, on trouve ce bleu clair dans les feuilles et les tiges.

Lorsque Marie alla rejoindre son père qui trimait dans les champs, elle aperçut Matthieu, couché sur le dos. « Quel petit paresseux ! » avait-elle pensé en souriant. Un brin d'herbe coincé entre les dents, le garçon observait la marche des nuages. Il fermait un œil, puis l'autre : œil gauche, œil droit ; il répéta plusieurs fois l'opération, et rit, heureux d'accélérer ainsi leur course passive. Centré sur la pupille droite, un nuage en forme de scorpion s'avançait. L'œil gauche offrait une espèce de crabe à grandes pattes velues. Ils se télescopèrent avec lenteur : la queue arrondie du scorpion pénétra dans le corps du crabe, dont les articulations se délitèrent pour disparaître du champ de vision de l'enfant. Son grand-père lui avait montré des gravures de ces arthropodes, achetées à un colporteur niçois. C'est ainsi que les enfants avaient entendu parler de la mer Méditerranée. Suspendus aux lèvres du conteur, qui avait partagé leur dîner, ils s'étaient couchés la tête emplie de rêves aquatiques, de bateaux couchés au fond de l'eau, de vagues immenses et furieuses arrachant toits et murs, drossant des embarcations sur le rivage, et d'une terre fluide et blonde appelée sable, qui coulait entre les doigts comme de l'eau soyeuse.

Fatigué de ce jeu qui lui plissait le visage, Matthieu regarda la crête des trembles qui traçaient dans l'air des signes cabalistiques. Le garçon se mit sur un coude, cracha le brin d'herbe au loin, et, stupéfait, découvrit un cerf qui broutait, tranquille, de l'autre côté de la clairière. L'animal releva la tête, inspecta les alentours, puis se remit à paître. Il était beau. Ses bois immenses formaient une forêt au-dessus de sa tête d'aristocrate. Soudain, mis en alerte, naseaux dilatés, il écarta les oreilles, prêt à détaler. Treize cors, compta Matthieu. « Ça me gênerait rudement si j'avais cet arbre sur la tête ! » pensa-t-il, amusé.

Le vent virevoltait dans la clairière. Les geais s'apostrophaient, là-haut sur un peuplier qui s'agitait dans tous les sens, comme s'il cherchait à se débarrasser de ses encombrants locataires. Soudain, un éclair fauve, des bruits rythmés de sabots. Le cerf avait disparu. L'enfant soupira, se leva, épousseta sa culotte de droguet, enleva méthodiquement les épines accrochées à ses chaussettes. Il coupa droit à travers le sous-bois pour arriver non loin du sentier qui menait à la ferme. Les collines se découpaient en zigzag pour se fondre sur une ligne floue, tout au loin sur l'horizon. Le bois descendait comme un escalier géant vers le fond de la vallée. Il se pencha et saisit le panier lourd de ses prises. Il pesait et Matthieu changeait souvent de bras. La mère serait heureuse. La pêche aux écrevisses avait tenu ses promesses, sans compter la truite argentée qui sursautait encore, bouche béante. L'enfant avait observé avec intérêt son agonie et ne comprenait pas pourquoi la nature était si compliquée : lui ne pouvait respirer dans l'eau, elle, sur terre. C'était vraiment mal fait ! Soudain, un craquement de branches l'alerta. Il se retourna et aperçut une ombre. Il accéléra sa course, se tordit la cheville sur une grosse pierre, obliqua à gauche pour atteindre plus vite la maison. Le bruit se rapprochait. Affolé, il lâcha le cabas, dont le contenu se répandit par terre, et se mit à courir. Les herbes lui giflaient les mollets ; il trébucha de nouveau sans ralentir sa course. Des larmes de rage mêlée de peur noyaient ses yeux, mouillaient son cou, se perdaient dans la moiteur du chandail de laine bleue. Soudain, hors d'haleine, il s'arrêta, écouta. À part sa respiration et son cœur qui cognait dur, il n'entendit aucun autre bruit. Le beuglement d'une vache dans le pré finit de le rassurer. Il n'était plus très loin. Le sentier dégringolait, fendu en deux par une ravine. Il s'amusa à sauter d'un bord à l'autre sans ménager ses galoches. Là-haut, les nuages se resserraient pour protéger l'arrivée de la nuit.

Mais qu'allait dire la mère en le voyant revenir les mains vides ? Antoine le traiterait de poltron, le père et le grand-père seraient mécontents. Il rebroussa chemin, reprit sa course. Les écrevisses éparpillées sur l'herbe s'accrochaient aux herbes, se chevauchaient. La truite, elle, ne bougeait plus : l'œil dur et glacé observait leurs soubresauts stupides. Matthieu les remit dans le panier et repartit en chantant très fort pour se donner du courage.

Camille, debout près du chaudron, la coiffe un peu de travers, les joues enfiévrées, salua son arrivée d'un grand rire :

— Ah ! Te voilà, brigand, que nous ramènes-tu ?

Elle maniait un grand couteau comme une hachette, découpant en tranches fines du lard salé issu des martines – ces vieilles brebis sacrifiées lors des premières gelées –, et, d'un coup sec du poignet, les envoya se fondre dans une purée de châtaignes dont les bulles crevaient la surface en exhalant de longs soupirs. Une fois l'opération terminée, elle souleva, à l'aide d'un chiffon, le couvercle d'un faitout dans lequel cuisait une soupe de légumes. Camille savait combien la soupe chaude apportait du cœur au ventre de ses enfants, un surplus de force et de détente à son mari et son beau-père. C'était trop souvent le plat principal. Elle cherchait à l'agrémenter soit avec du gruau, du maïs, de la bouillie d'avoine, soit avec du chou et des pommes de terre. Elle coupait, après avoir fait le signe de croix rituel sur le pain, des tranches fines qu'elle disposait au fond des bols. Certains dimanches, elle préparait une omelette avec des champignons séchés ou frais. C'était un régal pour chacun.

Martial, le père d'Augustin, ramenait, comme aujourd'hui Matthieu, une truite et un brochet, pêchés dans la rivière. Cuit à même le brasier, le poisson dégageait une odeur tenace. Mais la majeure partie de la pêche était vendue sur le marché. L'argent récolté lui permettait de remplir peu à peu le coffre à sel, d'acheter des bougies, des allumettes, des clous, du sucre aussi, quand les abeilles dans leurs ruches se faisaient paresseuses et que le miel devenait rare. Le lard provenait des martines.

Le rite qui précédait l'holocauste des brebis était immuable. Augustin et Martial se concertaient sur le choix des futures victimes. Puis, chacun de son côté, ils tentaient de les attraper. Elles ruaient, secouaient la tête, tentaient d'échapper à l'étreinte. En vain. Ils les liaient solidement par les pattes. Ainsi, sœurs siamoises entravées, elles ne pourraient aller loin. Brouter, dormir et surtout engraisser étaient désormais leur lot. Arrimées l'une à l'autre, solidaires dans un même curieux destin, elles cahotaient ensemble bon gré mal gré et finissaient dépecées et salées, en bonne place aux côtés des jambons déjà suspendus près de l'âtre.

Augustin était de petite taille, trapu, tout en muscles, le cheveu dru et cuivré, la peau parsemée de taches de rousseur. L'œil vert animait un visage fin. Marie lui ressemblait. Calme en apparence, il cultivait de grandes colères, qui effrayaient chacun, mais qu'on oubliait vite. Fier, opiniâtre, dur au travail, il n'admettait ni la fainéantise ni le mensonge. L'attachement à sa terre, celle de ses aïeux, était celui que tous les paysans ressentaient : viscéral.

Camille était brune, de taille moyenne ; un grand nez, héritage paternel, ne déparait pas un visage aux traits forts. Antoine était son portrait. Vaillante au travail, elle ne rechignait devant aucune des tâches journalières : fendre les bûches, brouetter le bois, soigner les bêtes, tenir la maison, les enfants, ses hommes, travailler aux champs. Elle était heureuse ainsi.

Tandis que Marie triait le linge pour le repasser, le reste de la famille s'assit devant le feu qui flambait dans le cantou. Debout, appuyé contre la cheminée, Martial, ancien compagnon du Devoir, harcelé par ses petits-fils, fut prié de raconter son Tour de France.

— Allez, grand-père, supplia Antoine, raconte-nous ce que tu faisais.

Il trépignait d'impatience, et ses petits sabots battaient la mesure, claquant avec gaieté sur le dallage.

De sa voix grave, un peu rauque, employant à dessein un français châtié, comme ses maîtres le lui avaient enseigné, Martial commença son récit. Au-dehors, la hulotte lança son cri de chasse avant de s'envoler dans un grand fracas d'ailes. À côté, dans l'étable, le veau nouveau-né beugla faiblement, le mufle appuyé contre le pis chaud de sa mère.

— J'ai attendu que vous soyez capables de comprendre ce que je vais raconter. Votre décision sera facilitée. Matthieu, c'est à quatorze ans que j'ai quitté la maison comme tu vas le faire bientôt. Pour Antoine, il reste du temps, et puis, à huit ans, il ne sait pas encore maîtriser l'écriture et la lecture.

Il lui fit un clin d'œil.

— Il va falloir reprendre l'alphabet, mon petit, si tu veux parvenir au savoir !

Il saisit l'*archaban*[1] et s'installa, le dos contre le mur. Le *chaleil*[2] suspendu à la cheminée oscilla faiblement, la lumière éclaira le plafond et les murs avant de s'immobiliser.

1. *Banc proche de la cheminée.*
2. *Lampe à huile suspendue par un crochet.*

— J'ai gagné Lyon à pied et je suis arrivé chez la mère Flamant. C'était par principe une femme toute dévouée à notre cause. Mais c'était aussi notre logeuse. On la respectait, on l'honorait. Chez elle, j'ai rencontré Marseillais l'Ami du Trait, qui m'a présenté à mon futur patron, Fernand Couvidat, maître charpentier-menuisier. Nous avons tous trois ôté notre chapeau. Puis il a compté quatre francs qu'il a mis dans la paume tendue du Marseillais. Raymond m'a alors regardé avec intensité, le bleu de ses yeux virait au noir. Il m'a dit d'une voix grave : « Petit, voilà quatre francs que le patron vous avance, j'espère qu'avec votre travail vous les gagnerez. » J'acquiesçai, conscient de la solennité du moment : « Je ferai tout ce qui est possible pour ne pas vous décevoir, et je suis sûr que j'en gagnerai bien davantage. » Je remis deux francs au rouleur pour les frais d'embauche ; il en a gardé un et reversé l'autre à la caisse des compagnons. Ainsi se passa mon premier engagement. Ensuite, j'ai fait deux fois le tour de la France. J'étais si jeune, et pourtant je suis allé, de toutes mes forces d'adolescent, d'un bout à l'autre de moi-même. On m'appelait « Corrézien le Vaillant ». Chez la mère Flamant, la *cayenne*[1] était confortable et la table excellente. J'eus du mal à

1. *Lieu de réunion des compagnons (charpentiers, tailleurs de pierre, maréchaux-ferrants, boulangers, etc.).*

partir ! À chaque arrivée, le compagnon devait faire le salut de boutique accompagné de gestes rituels et de mots de passe. Il présentait aussi une lettre de recommandation, l'affaire, qui ne portait que la première lettre de chaque mot, de manière à être incomprise par tout étranger trop curieux. Ensuite, le rouleur s'occupait du placement.

Matthieu et Antoine, l'œil rivé sur l'aïeul, respiraient à peine, bouche bée, admiratifs, conscients d'avoir dans leur famille un homme un peu à part, qui pouvait leur transmettre, avec une affectueuse sollicitude, culture et tradition. Ils ne comprenaient pas tous les mots qu'énonçait leur grand-père mais ils savaient qu'ils devaient tout faire pour devenir des hommes dignes de ce nom.

— Il faut vous dire, reprit Martial, que le compagnonnage est une longue suite d'expériences, d'épreuves, de rites ancestraux. Le Moyen Âge en vit la naissance. Pour l'homme qui voulait se plier à ses règles résidait une certitude d'initiation personnelle et spirituelle dans le métier choisi. La gravité du secret et des rites qui me liaient à mes compagnons était exemplaire et me soutenait au plus fort des luttes entreprises pour sauvegarder l'unité traditionnelle du monde artisanal. Le sentiment de demeurer libre d'agir, d'aller et venir en France, de transmettre des connaissances, de pérenniser ainsi la tradition loin des indiscrets, c'est avant tout le credo du bon compagnon, qu'il soit apprenti ou maître !

Martial, songeur, tirait sur sa pipe. La fumée masquait soudain son visage, s'élevait vers le plafond, se diluait en douceur. L'odeur du tabac, un instant, s'exacerbait.

— Le compagnon est un homme à la fois secret et serviable. Jusqu'à nos jours, tous nos rites écrits étaient brûlés afin de ne point tomber entre des mains profanes. Nous étions surveillés, souvent traqués, pourchassés. On nous prêtait des pratiques de sorcellerie, ce qui provoquait une grande méfiance de la part de ceux qui ignoraient que notre seul luxe était l'humilité dans le savoir, l'obéissance exemplaire à une conviction : le devoir de transmettre les plus anciennes techniques, et ce dans le bénévolat le plus absolu. Le Tour de France s'effectuait à pied, dans le sens des aiguilles d'une montre. Nous avions, c'est pourquoi nous fûmes si jalousés, le monopole de l'embauche, car nous étions organisés et notre savoir-faire reconnu. Le rouleur se chargeait de tout. Seuls éléments impératifs : être célibataire, rester sur le Tour pendant trois ans, si ce n'était sept.

— Papé, qu'est-ce que c'est que le rouleur ? interrogea Antoine.

Martial sourit, décroisa les jambes, tira une bouffée et reprit :

— Le rouleur est un compagnon chargé, pour une ou deux semaines, de l'accueil et de l'embauche des arrivants. Il s'occupe aussi des formalités rituelles lors du départ, appelées « le levage d'acquit ». Écoute bien, Matthieu, comme cela tu ne seras point surpris.

Un temps de silence. Martial se remémorait toutes ces années de labeur et de satisfaction devant le bel ouvrage accompli.

Il reprit devant son auditoire attentif :

— Après être passé chez plusieurs maîtres, j'acquis le titre d'aspirant, puis j'eus le droit d'ouvrir mon propre atelier. Quelle jubilation ! Auparavant, j'avais bâti mon chef-d'œuvre. Mille heures de travail et d'amour consenties ! Quelle leçon ! Je l'ai offert à ma première cayenne. Il est à Lyon. C'est un bel escalier qui monte en spirale vers le divin ! Chaque colonne de la rampe est torsadée ; la rampe est décorée de motifs initiatiques : étoiles, roues solaires. J'ai même poussé le souci du réel jusqu'à dérouler un tapis sur les marches, il est retenu par de fines tringles de cuivre. Sachez aussi que le laisser-aller chez le compagnon n'est pas de mise, qu'il soit verbal ou vestimentaire : pas de propos grossiers, le vouvoiement était de rigueur. Toute velléité de beuverie ou autre incartade sont punies par l'exclusion et le signalement du malappris donné à toutes les cayennes afin qu'embauche et gîte lui soient refusés. Sachez encore que l'on reconnaissait un compagnon à certains insignes.

Martial se leva de son banc pour attraper un bâton d'apparence assez lourde, appuyé contre le côté de la cheminée. Il le tendit à Matthieu.

— Tiens, regarde-le bien ! Quand je l'ai mérité, il m'a été offert. Ce fut une belle cérémonie.

L'émotion fit trembler sa voix, ses yeux brillèrent sous l'arrivée de larmes intempestives…

Matthieu prit avec respect entre ses mains le précieux objet taillé et sculpté. Si le bout était encore ferré, le pommeau paraissait usé à force d'avoir été tenu et caressé par la main de son propriétaire. Cependant, on pouvait encore lire : *Martial Darfeuille, ébéniste, 1761*, date de son entrée comme aspirant compagnon sur le Tour. Six rubans emblématiques multicolores aux teintes fanées laissaient deviner des dessins : pyramide, temple, tour.

Martial saisit le regard intéressé de son petit-fils.

— Tu te poses des questions sur les rubans ? Eh bien, ils sont la somme de ma vie de compagnon, attestent de mon grade, de la réussite des rites de passage et d'épreuves. Je pouvais aussi bien les mettre à mon chapeau qu'à ma boutonnière. Mais je préférais le chapeau. Chaque compagnon peut aussi les porter en écharpe, en sautoir ou flottants. Ils sont assez larges, en tissu épais, moirés, ou en velours. Les charpentiers les portent assez longs, retombant sur l'épaule gauche. Les couvreurs, eux, les laissent flotter derrière le chapeau. Les tailleurs de pierre font de même. Ils sont différents selon les sociétés et décorés de motifs symboliques : ruches, outils, labyrinthes. Les couleurs ont aussi une signification : le blanc représente la pierre ; le rouge, le fer ; le bleu, le bois ; le bistre, l'alimentation ; le vert, le cuir.

Matthieu fut soudain saisi d'une franche hâte de partir de la maison, d'abandonner ainsi tout son univers pour plonger dans cet autre monde qui, déjà, le fascinait. Le regard qu'il porta sur sa mère en dit long sur ses projets.

Camille, pudique, détourna la tête, replaça sa coiffe. Elle souffrait : Matthieu s'apprêtait à la quitter, puis viendrait le tour d'Antoine, Gauthier toujours absent. Marie… « Quel déchirement, pensa-t-elle. Il faut accepter de les mettre au monde et de les aimer sans contrepartie, les bras grands ouverts… »

Martial s'était levé et se dirigea vers la grosse bonnetière pleine de linge de maison. Il prit sur l'étagère du haut un grand mouchoir de drap bien épais.

Étonné, Matthieu le regardait revenir vers lui.

— Ça, dit-il, secouant le tissu, c'était la malle aux quatre nœuds. Je mettais à l'intérieur mes affaires personnelles, pas trop, bien sûr, mes outils et mes insignes. Je nouais les quatre coins et je la suspendais à ma canne, que je posais souvent sur mon épaule. C'était lourd mais pratique.

Une bûche explosa, fit sursauter Augustin qui dormait dans le grand lit. Des gerbes d'étincelles volèrent dans toutes les directions et moururent d'elles-mêmes. Augustin se retourna du côté du mur et se rendormit. Il connaissait par cœur l'histoire paternelle.

Marie repassait le linge avec application ; le fer chaud qu'elle posait sur le linge humide provoquait une légère vapeur et un bref chuintement pointu. Lorsqu'il ne produisait plus son petit air, elle changeait de fer, prenait celui qui chauffait dans l'âtre et reposait l'autre, et ce jusqu'à ce que sa tâche fût achevée. Une odeur de tissu chaud, de sueur aussi, restée dans le pli des chemises, là, sous les aisselles, s'élevait de la buée, l'environnait. Les joues enfiévrées, le dos brûlant, les jambes ankylosées d'être restées droites et raides, elle se laissa tomber sur un tabouret en étirant ses membres endoloris. Le ventre lui faisait mal et elle était obligée de changer souvent le linge qu'elle portait entre les jambes. Le visage du nouveau-né revenait sans cesse et elle avait bien du mal à cacher sa détresse. S'ils savaient ! Quel regard porteraient-ils sur elle ? Une fille violée, un enfant mort-né, quel déshonneur pour la famille… Il restait du linge mais elle se sentait incapable de continuer. Trop d'émotions, trop de tristesse. Elle enleva le fer qui chauffait encore, mit le reste du linge de côté et se dirigea vers le coin où était sa paillasse.

Matthieu tournait et retournait la canne, s'appuyait sans modestie sur le pommeau, se voyant possesseur d'un autre jonc portant les mêmes attributs.

Martial, amusé, lui sourit.

— Petit, tu apprendras toutes les propriétés de ce bâton si tu veux aller jusqu'au bout de ta vocation. Seize manières de le présenter et de le porter t'amèneront paix ou guerre ! Mais, quoi qu'il advienne, il ne devra jamais te quitter, car il est sacré.

Levant les yeux sur la pendule, il s'exclama :

— Il se fait tard. Allez, ouste, au lit !

Camille interrompit son travail de raccommodage, frotta ses yeux fatigués par le manque de lumière et rangea une blouse de toile écrue, déchirée à la manche. Elle finirait demain. Elle calma les garçons qui se chamaillaient et sortit fermer la porte de l'étable.

Marie, après s'être déshabillée, défit sa lourde tresse, secoua la tête, libérant ainsi la soyeuse flamboyance, y passa ses doigts afin de démêler quelques mèches rebelles.

« Y a-t-il quelque part quelqu'un qui m'aimera assez ? pensait-elle. Quelqu'un qui m'aimera assez pour me permettre d'effacer la souillure ? Je suis sûre qu'il existe. Peut-être tout près de moi ou plus loin, mais le rencontrerai-je un jour ? Ignorer qui il est, où il est, vivre toute ma vie et mourir sans pouvoir trouver cet homme que j'aurais pu aimer de toutes mes forces, c'est terrible… »

Elle passa une chemise longue et flottante, soupira, se glissa sous l'édredon, non sans avoir embrassé Matthieu et Antoine à moitié dévêtus.

Au matin, Antoine, recroquevillé dans un coin du grand lit, claquait des dents. Camille, inquiète, lui tenait la nuque tandis qu'il vomissait un liquide verdâtre à l'odeur acide.

— Matthieu, cours chercher Ambroise.

Matthieu, vaguement nauséeux, s'éclipsa. Il revint quelque temps plus tard, porteur d'un message du forgeron.

— J'ai expliqué comment était l'Antoine. Il faut l'emmener ce soir à la forge pour qu'il le soigne. Il dit que c'est le foie.

Le petit malade délirait. Marie lui passait avec tendresse un linge humide sur le corps.

— Il faut prévenir le père et papé, dit Camille.

La jeune fille se redressa, s'essuya les mains sur son tablier.

— J'y vais, maman.

Elle tendit la cuvette à sa mère.

— Change l'eau, elle n'est plus assez fraîche.

La porte se referma sur elle avec un bruit sec. Camille posa avec brusquerie la jatte sur la table, se précipita à la fenêtre.

— Ils sont au champ nord, cria-t-elle.

— Je sais, je sais, répondit une voix déjà lointaine.

Elle marchait vite, pourtant sa nuit avait été une succession de cauchemars. Marie avait compris qu'une mère s'attache à son enfant, gommant celui qui l'avait engendré. Ce petiot était né et mort d'un saccage de son corps mais elle était certaine qu'une fois né elle l'aurait aimé et protégé, oubliant de quelle semence il provenait. Une fois le ruisseau franchi, elle entendit au loin la voix grave de son père. La tête lui tournait encore mais elle serrait les dents pour avancer. Elle connaissait des femmes qui glanaient les épis de blé dans les champs, s'arrêtaient juste pour accoucher et reprenaient leur travail dès que l'enfançon était sorti d'elles. Il fallait faire front, se taire et continuer d'avancer.

Malgré l'écobuage éreintant où, tour à tour, Martial, Augustin et Gauthier avaient laissé de leur sueur, le champ du nord refusait de se laisser dompter. Aujourd'hui, ils avaient attelé à la jument la charrue martelée par le forgeron et tentaient de retourner la terre. De grosses mottes se détachaient du sol.

— Allez, tire, mais tire donc, tu vois bien qu'elle n'avance pas ! hurlait Augustin.

Il frappait la croupe de la bête qui, elle, rêvait d'étable.

Marie les rattrapa au bout du champ. Essoufflée, elle avait du mal à parler.

— Il faut rentrer. Antoine est malade. Matthieu a prévenu Ambroise. Il nous attend.

Quand la lune apparut dans sa plénitude, Martial attela la carriole aux roues pleines dont le crissement aigu accompagna tout le voyage. La forge se trouvait à l'entrée du village. Petite maison basse en torchis, elle était ouverte à plein vent. Des lueurs d'incendie flamboyaient. Annonce d'un feu d'enfer, les flammes faisaient trembler les silhouettes pressées autour de l'enclume. Ambroise, le forgeron, incarnait un personnage de légende, investi de pouvoirs surnaturels. Grand et trapu, des bras à la musculature impressionnante, un visage taillé à la serpe, la peau marquée de trous profonds, des yeux noirs enfoncés dans leurs orbites, abrités par d'énormes sourcils broussailleux, il régnait en maître incontesté des lieux. Torse nu, ceint d'un tablier de cuir noirâtre plaqué sur une culotte de toile grossièrement tissée qui s'arrêtait aux genoux, eux-mêmes recouverts de longs bas de laine, des sabots d'où dépassait le rituel matelas de paille qu'il changeait chaque jour, il émanait de lui une aura étrange, renforcée par un regard farouche et fixe.

Camille déshabilla l'enfant et le déposa avec précaution sur le métal glacé. Il gémit, frissonna. Effrayé, il tenta de s'accrocher au cou de sa mère. Martial lui tint les pieds.

Le forgeron prit une grande respiration, gonfla ses poumons à l'extrême, ferma les yeux, abattit avec force le lourd marteau sur l'enclume en poussant un grand cri de damné. Les vibrations restèrent suspendues dans l'air, puis les ondes, passant du métal dans la chair, se propagèrent dans le corps du malade pour en assurer la guérison. Tout au moins chacun le croyait-il.

Antoine, terrifié, avait sursauté, ouvert les yeux. Les cheveux collés par la sueur, il cherchait désespérément la main de sa mère, ramenait ses genoux vers ce ventre qui le faisait tant souffrir. Martial, avec douceur, tirait sur les jambes frêles afin que l'enfant reprenne la position allongée.

Ambroise recommença la manœuvre. Dans un fracas assourdissant, le marteau explosa sur le fer, accompagné d'un hurlement aussi terrible que le premier. Le corps de l'enfant décolla de l'enclume. Il avait perdu connaissance. Le feu de la forge s'amplifia, poussé par l'immense soufflet manié par Augustin. Camille souffrait pour son fils. Cette coutume du martelage devait enlever le mal, l'extirper de ce petit corps livré à la douleur.

Une troisième fois, le forgeron leva le terrible marteau. Tout son corps frémissait, le sang envahissait son visage, ses yeux étincelaient tandis que les veines saillantes et bleues de ses bras se gonflaient comme des cordes. Ses traits exprimaient une très forte concentration. Chacun retint son souffle, se recroquevilla en pensée, comme pour atténuer le bruit. Rien ne se passa. Le bras s'était arrêté au-dessus du foie. L'outil descendit lentement vers le ventre tendu, caressa la peau en gestes circulaires tandis qu'Ambroise récitait trois prières transmises par son père. Trois, chiffre initiatique et magique.

— Il faudra me le ramener demain et après-demain, dit le forgeron. En principe, c'est au moment de la nouvelle lune. Mais là, il vaut mieux faire des séances rapprochées.

Antoine mourut au petit matin. Matthieu lui tenait la main, contemplant le visage apaisé de son frère. Marie et Camille pleuraient sans bruit. Martial, hébété, franchit la porte, se retrouva à l'air libre. Il leva la tête. L'orage s'annonçait. Déjà les nuages se bousculaient, éclaboussaient l'azur de leurs étreintes convulsives. Au loin, la première averse zébra le ciel. Pour Marie, la mort subite de son frère rejoignait celle de son enfant. Comment tenir le choc ? Tournée vers le chagrin de sa mère, elle s'efforçait de ne pas penser à sa propre douleur. Pourquoi le mauvais sort s'acharnait-il subitement sur la famille ?

Martial, accablé, se dirigea d'un pas machinal vers les ruches, sortit de sa poche un sinistre ruban noir, l'attacha au sommet. Ce signe de deuil empêcherait l'essaim de partir ailleurs car telle était la croyance. Une abeille se posa sur sa main, lissa ses ailes, puis reprit son vol avant de pénétrer un rayon de miel.

Camille déshabilla l'enfant. Il gisait, gracile et nu, sur le lit. Son ventre avait dégonflé, mais une tache verte, près de l'os iliaque droit, devenait de plus en plus visible et s'étalerait bien vite sur tout l'abdomen, libérant une pestilence insoutenable. Marie tendit à sa mère une chemise blanche, celle du baptême. Indifférente au geste de sa fille, Camille caressait le corps de l'enfant avec une infinie douceur. Elle lui effleura le visage.

— Antoine, mon tout-petit, pourquoi es-tu parti ? Je n'ai presque pas eu le temps de te connaître.

Des larmes glissaient le long de ses joues et se noyaient dans le col de sa blouse.

Antoine, le visage enfin délivré, offrait à sa mère sa grâce enfantine. Elle se redressa, essuya ses larmes. Augustin lui passa un bras autour des épaules.

— J'ai arrêté le balancier de l'horloge. Marie, attrape un drap dans l'armoire et recouvre la glace et le miroir. Matthieu, vide l'eau des seaux. Je ne voudrais pas que l'âme d'Antoine se regarde et se noie au lieu de monter au ciel. Va chez les Dubois, demande au Victor s'il peut garder le troupeau de Gauthier. Il faut qu'il redescende avant l'enterrement pour embrasser son frère.

Matthieu acquiesça. Marie, accablée par l'injustice de cette mort, se dirigea vers la bonnetière, ouvrit la porte, chercha un drap assez grand pour recouvrir la glace, et un linge plus petit pour cacher l'éclat du miroir.

On frappa. Henri Senut, le garde champêtre, se tenait sur le seuil. Emprunté, il tournait le rebord de son chapeau entre ses doigts. Marie le regardait sans bien comprendre.

— Voilà, bredouilla-t-il, j'ai appris que le fils n'était pas bien, je venais voir si je pouvais vous aider. Je connais des tours qui enlèvent la maladie.

— Il est trop tard, murmura-t-elle. Antoine est parti.

Le visage assombri, Henri se signa et la regarda sans mot dire.

— Je vais revenir, mais avant je vais faire ce qu'il y a à faire, dit-il en s'éloignant.

Elle referma la porte. Elle savait qu'il allait prévenir le village du deuil qui frappait sa famille. Il y aurait un long défilé devant le lit, des prières et des lamentations. Selon la tradition, chacun apporterait une pièce de linge personnel qui serait lavée à la prochaine lessive, avec les draps d'Antoine et les habits de Camille. Ainsi, l'âme de l'enfant trouverait-elle la paix. Mais pourquoi était-il mort ? Qui avait bien pu lancer sur lui un maléfice ?

Martial, très troublé, s'approcha de Camille, l'attira vers lui d'un geste affectueux.

— Tu sais, il va falloir enlever le sortilège qu'il y a sur la famille avant qu'un nouveau malheur ne nous frappe. Va voir le Rémi de ma part. C'est un bon sorcier.

La mère, les yeux pleins de larmes, hocha la tête et murmura :

— J'irai quand l'Antoine sera enterré. Mais qui peut nous vouloir du mal à ce point ?

— Pour moi, le hasard n'existe pas, répondit-il. Les coïncidences ne sont que des manipulations divines. Tout, absolument tout, possède un sens, une raison. Tout est joué avant de naître. Nous payons une faute qui s'est produite dans la famille mais j'ignore laquelle. Elle peut remonter à des années, un siècle peut-être.

Marie entendit cette tirade et se sentit très mal. Serait-ce de sa faute si son petit frère était mort ? Était-elle responsable du viol de son corps ? Elle prépara le repas de deuil, essuyant ses larmes, n'arrivant plus à se raisonner.

Matthieu, assis près de la cheminée, refusait d'admettre la mort d'Antoine. Deux jours seulement le séparaient de leur dernier fou rire. Après les devoirs imposés par Martial, ils s'étaient enfuis, main dans la main, avec la bénédiction de leur mère amusée. Ils avaient tout d'abord croqué des myrtilles. Les baies bleu-noir avaient éclaté sous leurs dents. Ils les avaient mastiquées avec lenteur pour que leur bouche entière et leur denture prennent une affreuse couleur violette. À tour de rôle, l'un assis, l'autre debout, ils avaient présenté un numéro de grimaces accompagnées de contorsions ridicules et de hurlements de sauvages dont ils riaient aux larmes. Descendus ensuite au bord de l'eau, ils avaient enlevé chaussettes et sabots pour pénétrer dans la rivière, là où une espèce d'étranglement permettait la construction d'un petit moulin. Gauthier leur avait donné deux petits bouts de planches. Une entaille fine faite au couteau pour les assembler, deux tresses de jonc flexibles pour ficeler une branche de saule qui servait de pivot : le tour était joué ! Ils n'avaient plus qu'à monter un barrage avec des galets, laisser l'eau retomber en cascade et faire tourner le moulin. Matthieu avait alors creusé des morceaux de bois pour faire des bateaux qu'ils chargeaient de menus graviers trouvés au fond de l'eau. Ceux qui allaient le plus loin sans sombrer avaient gagné. Antoine, à la tête d'une véritable flottille, les encourageait de la voix et du geste. Matthieu, à dessein, lestait ses fragiles embarcations qui s'engloutissaient avec rapidité.

— Fais attention, Antoine, ne t'éloigne pas. Si tu ne vois plus les galets luire à tes pieds, reviens vers la berge, car si l'eau devient sombre, c'est qu'il y a un trou. C'est le père qui m'a appris ça. C'est dangereux.

L'enfant avait écouté son frère. Ils s'éclaboussaient, se moquaient de leurs mille facéties. Antoine avait sauté sur le dos de Matthieu, qui, surpris, s'était écroulé dans l'eau. Ils avaient roulé ensemble, à moitié asphyxiés, formant une sorte de bête hybride à deux têtes, l'une blonde, l'autre brune. Qu'allaient dire le père et la mère de les voir revenir ainsi trempés ? Matthieu avait suggéré de ramener du poisson ou des écrevisses, ce qui rendrait plausible une chute dans la rivière. Mais le vacarme occasionné par leurs jeux aquatiques avait fait fuir toute la faune.

Un doigt sur la bouche, Matthieu avait montré à son frère un saule dont les énormes racines à moitié immergées devaient abriter des poissons. Sortis de l'eau, ils avaient marché vers l'arbre, s'étaient mis à plat ventre, juste le temps de voir fuir une énorme truite à la robe mouchetée.

— J'ai froid, avait alors dit Antoine en grelottant.

— Viens, maman va s'inquiéter.

Ils avaient remis chaussettes et sabots. Rentrés à travers champs, ils s'étaient changés en arrivant. Camille les avait houspillés tout en les massant avec vigueur. Un bol de soupe chaude, une horrible histoire de loup-garou racontée par Martial, très en verve, leur avait fait retrouver avec plaisir l'intimité familiale.

Au pied du lit, Camille alluma un cierge, celui qui avait servi à la Chandeleur, tandis que le père s'emparait de la paillasse pour la brûler. Elle serait remplacée par une autre, garnie d'un mélange de feuilles sèches de châtaignier et de plumes, ce qui la rendrait plus moelleuse. Augustin brûla aussi le *brivé*, amulette formée d'un mélange de plantes et d'os, que Martial avait confectionné avec l'espoir de soulager Antoine.

On frappa à la porte. Le curé, Anselme Boutot, pénétra dans la pièce. Sur sa soutane, un beau surplis brodé, une écharpe mauve – couleur du deuil – autour du cou, il apportait la sainte délivrance. Après avoir béni l'enfant, il fit de même pour l'eau et le buis. Le menuisier et son apprenti arrivèrent, portant le léger cercueil. Augustin, le visage fermé, saisit son fils dans ses bras et le déposa avec douceur au fond de la boîte. Marie mit un coussin sous sa nuque. Le visage de l'enfant était d'une beauté sereine. Martial s'approcha et mit dans la main de son petit-fils des pièces de monnaie. Le curé fronça les sourcils.

— Ce sont des rites païens, dit-il.

— Peut-être, mais rien ne m'indique que Dieu existe quand il prend une vie innocente. Si l'enfant ne peut traverser le Styx, fleuve des Enfers, si Charon, le batelier, refuse de le laisser monter sans argent, ce sera de ma faute, et ça, je ne le veux pas !

— Pff ! railla le curé. Mensonge !

— Ce n'est pas le moment de se disputer, dit Augustin, doucement.

Camille et Marie commençaient à préparer le repas où chacun participerait, puisque telle était la coutume. Les porteurs du cercueil, les voisins, les enfants de chœur, tous se retrouveraient, après la messe, autour de la grande table.

Gauthier fut soudain là, le visage défait. Se dirigeant vers sa mère, il posa la tête dans son cou. De gros sanglots rauques secouaient sa poitrine. Camille le sépara d'elle et, avec une infinie tendresse, essuya avec le bas de son tablier les larmes du « Silencieux ». Elle l'amena près du cercueil. Gauthier, rassuré par le visage calme de l'enfant, se pencha sur lui, embrassa ses lèvres bleuies. Il proféra des sons inarticulés, une prière sans doute… Il sortit de sa chemise une belle flûte qu'il lui déposa sur le cœur, pas trop éloignée de la bouche au cas où…

Des aboiements plaintifs derrière la porte attirèrent l'attention d'Augustin. Il ouvrit et reçut contre lui une boule chaude et affectueuse qui lui léchait les mains, les sabots, gesticulait, ne savait comment se faire remarquer. Interloqué, il se demandait d'où sortait ce chien orange. Gauthier pointa son index vers la bête, puis le ramena sur sa poitrine pour bien faire comprendre à son père qu'il lui appartenait. Il dessina dans les airs un rond entouré de faisceaux. Camille, attentive, comprit.

— Il s'appelle Soleil, il a dû le trouver sur le plateau.

Marie détourna la tête, gênée par le regard de son frère. Elle ne l'avait pas revu depuis l'ensevelissement. Il la prit dans ses bras et, tout en lui caressant la tête, la berça un moment. Elle se laissa faire, trop sevrée de caresses, enfermée dans un secret trop lourd à garder seule et eut du mal à retenir ses larmes.

Quelques jours plus tard, Martial décida Camille et sa fille à se rendre au marché de Brive. Elles emportaient avec elles, dans des petits paniers ronds, des fromages de brebis, des œufs frais, des plantes aromatiques et des salades qu'elles n'auraient aucun mal à vendre aux citadines. En contrepartie, elles pourraient acheter divers ingrédients dont elles avaient besoin. Ce voyage de trois lieues leur ferait pour un temps oublier leur chagrin.

Martial sortit la jument de l'étable et entreprit de l'atteler à la charrette. Rétive, Princesse ruait, secouait la tête pour éviter le mors. Le poing dans l'encolure, il faisait un drôle de bruit avec sa langue : « drr, drr ». La bête recula, il passa avec précaution derrière elle, lui souleva la queue pour faire glisser le culeron. Furieuse, elle hennit et se cabra. C'était une belle bête avec une superbe ligne d'encolure, montée sur des jarrets bien droits. Sa robe alezane luisait au soleil, ce pour quoi elle méritait son nom. Martial claqua la large croupe. Princesse, l'œil vif, savait qu'elle était prête pour le départ. Elle n'avait guère apprécié qu'il l'empêche de brouter mais s'était vite fait à l'idée qu'elle allait trotter dans la campagne.

Marie passa les paniers que Martial cala au fond de la carriole, puis il l'aida à monter. Les ailes de sa coiffe étaient déployées et pendaient sur ses épaules en signe de deuil. Le vieux portait au revers de sa veste un petit morceau de drap sombre, rappel discret de la récente inhumation. Camille, tout habillée de noir, s'était juste accordé l'éclat blanc d'un joli col de dentelle, qui éclairait son visage fatigué.

Martial fit claquer le fouet au-dessus des grandes oreilles en alerte. Un crissement aigu et les grandes roues consentirent à tourner. La carriole s'ébranla, cahotant sur le chemin. Matthieu fit un signe de la main et se dirigea vers l'étable.

Le chapeau en arrière, le grand-père conduisait d'une main souple, mais surveillait la belle du coin de l'œil, car, un instant d'inattention, les rênes un peu lâches, et l'animal ralentissait pour savourer au passage les feuilles des branches à sa portée. Le fouet s'arrêtait alors au ras de l'échine. Ses oreilles entreprenaient un ballet bien rythmé tandis qu'elle allongeait le pas. Provocante, elle hennissait et reprenait un petit trot agréable.

Le petit matin piquait un peu. Ils longèrent la Corrèze. Sous les frondaisons, la rivière jetait des reflets métalliques tandis que le soleil levant irisait d'un halo doré le sommet des arbres. Un mince filet bleuté s'échappait des cheminées et propulsait dans l'air l'odeur âcre d'un feu de bois. Ils dépassèrent une forêt, puis une clairière piquetée du jaune insolent des pissenlits. Un éclat brusque de lumière les fit cligner des yeux. La rosée fraîche avait lustré les feuillages, et cette moire vivante chatoyait au fur et à mesure que l'astre se levait. L'intensité des couleurs augmentait alors, incendiant la cime des peupliers, posant une frange pourpre sur le faîte des toits.

Arrivés deux heures plus tard à Brive, ils n'eurent aucun mal à vendre le contenu de leurs paniers. Les deux femmes firent un tour parmi les étals où les forains déployaient leurs assortiments d'étoffes : bassin, droguet de laine ou de soie indienne lumineuse, cotonnades fleuries.

Des rideaux de calicot blanc flottaient sur des fils tendus entre les édicules du marché. Martial se dirigea vers *Le Relais du Postillon*, ce café où d'habitude il rencontrait ses amis de toujours autour d'un petit vin gouleyant qui le mettait en joie. Mais aujourd'hui le cœur n'y était pas.

Il croisa des jeunes filles accompagnées de leurs mères. Elles louchaient sur les tissus et colifichets avec envie.

— *Lou piaos, lou piaos*[1] *! Feunas*[2] *!* s'égosillaient les camelots.

Certaines, fascinées par le troc, s'approchèrent de l'étal et acceptèrent de sacrifier leur chevelure. Marie et sa mère ne purent s'empêcher de regarder. Une jeune fille s'approcha.

— Allez, petite, ne fais pas cette tête. Tu pourras les faire couper dix fois avant que ton tissu ne soit usé. Tiens, mets-toi là sur ce tabouret…

Il tapota avec douceur le rebord du siège afin d'encourager la demoiselle encore hésitante. Elle finit par s'agenouiller après avoir tâté l'étoffe convoitée, pour bien se persuader d'avoir pris la bonne décision. Après tout, le bonimenteur disait vrai. Les cheveux, ça repousse toujours, ce n'est pas comme les dents ! Elle passa sa langue dans la cavité laissée par une dent perdue, haussa les

1. *Fripes.*

2. *Femmes.*

sourcils et tint avec fermeté les bandeaux autour de sa tête, car ils n'étaient pas compris dans la pitoyable transaction. Sortant de la coiffe, ils serviraient à masquer la tonsure.

Le forain, ravi, saisit de redoutables ciseaux et, avec des gestes saccadés, trancha la chevelure de l'infortunée. Il la suspendit à côté des autres trophées pour montrer l'exemple à celles qui doutaient encore du bien-fondé de l'opération. La pauvrette ainsi dénudée remit sa coiffe tant bien que mal, ajusta les bandeaux autour de son visage et choisit enfin la cotonnade rose et bleu qui deviendrait sous ses doigts habiles une robe de fête. En venant à la foire, elle avait croisé deux pies frondeuses qui s'étaient envolées dans un grand claquement d'ailes, pour elle c'était signe de mariage, peut-être le sien. Qui sait ? Mais si la robe de bal toute neuve allait être un atout, la chevelure envolée serait un sérieux handicap…

Depuis la mort d'Antoine, Augustin n'allait pas très bien et n'osait se confier à sa femme. Il était en colère contre ce Dieu qui avait laissé partir son enfant. Ce matin-là, en se rendant aux champs, le visage de son fils s'inscrivit devant ses yeux, il perçut son rire, tellement vif qu'il se retourna, prêt à recevoir contre lui le petit corps chaud.

Accablé, il arrêta sa marche, fit demi-tour et regagna la ferme. Là-bas, sur le chemin, deux silhouettes couraient vers lui. L'une, flamboyante, sautait, virevoltait, aboyait comme une folle ; l'autre riait, tentait d'empêcher les bonds désordonnés d'une main souple.

— Papa, papa, clamait Matthieu, Géraud le colporteur est là. Il veut te montrer des couteaux qu'il a eus à Laguiole.

Matthieu ne comprit pas pourquoi son père le prit dans ses bras lorsqu'il fut à sa portée et le serra contre lui. Ce geste de tendresse était tellement inhabituel. Il aurait encore moins compris s'il avait vu les larmes qu'Augustin essuyait avec le revers de sa manche tout en maintenant la tête de son fils contre sa poitrine pour qu'il ne se doute de rien.

Traversant quatre départements, Géraud passait tous les six mois. Très attendu à l'orée du printemps et au seuil de l'hiver, il émerveillait les enfants et apportait aux femmes des rêves de frivolités. Il se distinguait par des cheveux tirés en arrière, retenus par un vieux ruban noir, une figure carrée, couleur de cuir tanné, des petits yeux gris foncé comme ses cheveux, en partie recouverts par la peau tombante des paupières, mais, derrière ce paravent, leur éclat vif contenait toute la malice propre à susciter mille désirs. Une énorme moustache blanche barrait son visage, lui mangeait les lèvres et retombait plus bas que sa forte mâchoire. En dépit de sa petite carrure, il avait un air de patriarche distingué grâce à ses joues maigres et au creux de ses tempes. Toujours habillé de noir, il poussait devant lui une petite carriole à bras, dont les roues bien entretenues chantaient sur les chemins. Des boîtes à tiroirs alignées contenaient de multiples trésors : foulards, dentelles, petits cols, bagues, colliers, toutes sortes de colifichets qui séduisaient les jeunes femmes tandis que les vieilles se rabattaient, nostalgiques, vers les aiguilles à tricoter, à coudre, les images pieuses et les chapelets. Les hommes lui achetaient de la poudre noire de contrebande, parfois des fioles d'alcool, des allumettes. Matthieu, très excité, poussait son père à acquérir un des merveilleux couteaux de Laguiole : celui qui servait au boucher pour découper sa viande ; gainé de cuir, il avait fière allure. Augustin, attentif, avait porté son choix sur un canif. De taille moyenne, en corne de bovin striée de gris clair, il possédait plusieurs lames, deux extrémités en laiton brillant. Les deux parties de la corne étaient reliées entre elles par une plaque en fer ciselée, au sommet de laquelle se trouvait une abeille en relief – signe impérial accordé par Napoléon aux Laguiolais pour les remercier de leur courage sur le front italien. Il tournait et retournait l'instrument sans mot dire, ouvrait et refermait les lames dont il vérifiait le tranchant.

Géraud s'écria :

— Té ! Celui-là, tu ne seras pas déçu. Comme ils disent en Aveyron, il a du corps, il a de la jambe !

— Combien ?

— Attends que ta femme ait choisi quelque chose, ou ta fille, ajouta-t-il, voyant Marie s'avancer vers eux.

— Bonjour ma reine, dit-il tandis que la couronne d'or rouge tressée flamboyait au soleil.

La jeune fille sourit. Elle aimait bien le bonimenteur. Elle le connaissait depuis si longtemps qu'une affectueuse complicité les liait sans qu'ils aient besoin de parler.

Pendant que Matthieu et son père examinaient la coutellerie, comparant les mérites de chaque pièce, Géraud fit un signe de la main et attira Marie près de lui.

— Je t'ai apporté une surprise. Regarde.

Il fit basculer sa musette sur son ventre, l'ouvrit avec précaution. Un petit cri plaintif, une tête de chaton apeuré apparut alors. Géraud saisit l'animal avec délicatesse et le déposa dans les mains ouvertes de Marie.

— Voilà, hier j'étais à Tulle. Juste devant moi, un vilain moricaud de chien poursuivait une chatte et lui a cassé les reins. Trois petits restaient sur le bord de la route. Je les ai pris. J'en ai donné deux sur le chemin et j'ai gardé celui-là pour toi. C'était le seul angora.

La boule de soie beige ronronnait déjà contre la poitrine de l'adolescente.

— Oh ! Merci ! Je vais la présenter… Au fait, c'est une chatte ou un chat ?

— Je ne sais pas. Il est encore trop tôt pour être sûr. Elle a une tête fine. Je pense que c'est une chatte. Donne-lui à manger petit à petit, car elle tétait encore sa mère.

Matthieu, délaissant son père et les couteaux, sauta autour de Marie, essayant de lui prendre le chat. Ils s'envolèrent tous les deux dans de grands éclats de rire. Souvent, dans le malheur, il faut retrouver un peu de gaieté. Les enfants, prenant conscience de l'inconvenance de leur hilarité, se turent, se souvenant du deuil, se reprochant de s'amuser. Martial leur dit qu'Antoine serait ravi de les voir s'amuser et très contrarié de les rendre tristes par sa disparition.

Camille s'approcha de la carriole et demanda un dé à coudre, des aiguilles, du fil à broder, blanc de préférence.

Géraud cligna de l'œil, taquin.

— Ah ! Ah ! Le trousseau de la reine se prépare ! Alors, combien d'écheveaux ?

Camille sourit, s'amusant de la sagacité du brave homme.

Elle énuméra :

— Six draps, quatre chemises d'étoupe fine, deux coiffes, oh ! et puis je n'ai pas tout compté.

Mettez quatre pour commencer, plus ce joli col déjà tout brodé.

Marie, ayant déposé le chaton entre les pattes de Miette, qui déjà le léchait nantie d'une grande expérience, s'approcha à nouveau de la charrette.

Sa mère cherchait à assortir des boutons mis en vrac dans un carton à chapeau. Elle tournait et retournait la masse cliquetante, plongeant les mains au fond pour amener sur le dessus ceux qu'elle ne voyait pas.

— Combien t'en faut-il, maman ?

— C'est pour la veste que j'ai tricotée pour ton père. Huit, plus un s'il en perd. Allez, dix, c'est un bon chiffre.

Au fur et à mesure qu'elle trouvait les frères du premier bouton choisi, elle les alignait sur le rebord de la carriole. Marie, à son tour, enfonça sa main et retira un drôle d'objet attaché à une fine cordelette.

— Qu'est-ce que c'est que ça ? interrogea-t-elle.

Géraud, occupé à convaincre Augustin du bien-fondé de son choix, tourna la tête et répondit :

— Je l'ai trouvé dans la boîte à bijoux de ma mère qui vivait à Venise. Il y avait un papier sur lequel était écrit que si on avait le bonheur de retrouver le porteur de l'autre moitié, la vie ne serait faite que d'amour. Je ne veux pas la trahir mais je sais que c'est un Français très amoureux qui le lui avait offert, Martin, je crois me rappeler.

Il était veuf et, à la mort de ma pauvre maman, il a quitté l'Italie avec son fils pour regagner la France. Tiens, Marie, je te le donne si ça peut te faire plaisir. Mais, maintenant, tu as pour mission de retrouver l'autre moitié qui se trouve en France, foi de colporteur.

— Oh ! Merci, merci ! s'exclama Marie, rayonnante, qui plaqua un gros baiser sur la joue du colporteur, ravi de son effet.

L'objet jauni par le temps était en ivoire. Les bords irréguliers dénonçaient une cassure ancienne. Un *C* majuscule un peu érodé était entouré de guirlandes.

— Mais c'est cassé, ce truc-là, ça ne vaut rien, ironisa Matthieu.

Faisant fi de la moquerie fraternelle, Marie caressait l'objet, laissant vagabonder son imagination. Quel prénom pouvait cacher l'initiale ? Catherine ? Claire ? Pourquoi pas un prénom masculin ? Charles ? Clément ? Tout à coup, elle se trouva stupide : le pendentif venait d'Italie ! Elle passa la cordelette par-dessus ses cheveux et l'objet se retrouva sur sa poitrine. Elle ignorait que par ce simple geste son destin prenait un chemin de lumière.

Ses parents réglèrent les achats et offrirent à Géraud l'hospitalité pour le souper et la nuit. Le soir même, Augustin prit à part son fils et, le visage solennel, lui remit le canif.

— Il est à toi. Tu vas bientôt partir. Ce couteau à sept lames ne quittera pas ta poche. Il sera sur les routes de France ton meilleur complice, ton serviteur toujours disponible et efficace. Ne le perds pas. Il est un des gages de l'affection que je te porte.

Conscient de la gravité du moment, Matthieu regarda son père droit dans les yeux, le remercia. Ils se serrèrent la main… en hommes.

III

Malleus maleficarum

DEHORS, IL VENTAIT à tout rompre. La charpente craquait. Louis, debout près de la cheminée, observait les flammes agitées de convulsions pourpres. Il se pencha, saisit un tisonnier et replaça une bûche qui avait roulé contre l'épaisse plaque en fonte qui protégeait le mur. Une braise lui mordit le dessus de la main. Relevant la tête d'un geste brusque, il heurta le rebord intérieur de la cheminée et, criant de douleur, massa son crâne avec sa main blessée.

Un grincement curieux se fit entendre. La plaque de fonte pivota, laissant apparaître une ouverture ! Encore sous le coup du choc et de la brûlure, Louis se demanda s'il n'était pas en proie à une hallucination. Il vit distinctement un étroit passage sombre. Le feu l'empêchait de franchir la distance qui le séparait de celui-ci. Il l'éteignit avec un broc d'eau et poussa les braises sur le côté. Décrochant le chaleil, il monta la flamme et se pencha vers le goulet. Il fut obligé de se mettre à quatre pattes et s'engagea dans l'orifice. La lumière, soumise à un courant d'air, vacilla, il eut peur qu'elle s'éteignît, arrêta sa progression et attendit que la flamme reprenne de la vigueur. En réalité, le boyau, creusé à même le rocher, était court et débouchait, ô surprise, dans une immense grotte. Sans doute celle dont parlait Léonard dans son grimoire ! Taillée à même la montagne, évidée comme un sabot géant sculpté par une gouge énorme, elle était impressionnante. L'éclairage du chaleil agrandissait l'ombre de Louis projetée sur le mur. Il avançait, subjugué. L'air était humide et chaud. Les parois irrégulières abritaient des niches où des statuettes figées semblaient garder l'antre mystérieux. Il leva la lampe vers l'une d'entre elles et s'exclama :

— Une Vierge noire !

Respectueux, il se signa. Assise sur un trône carré, portée par quatre colonnes ouvragées, la Vierge au visage doux le regardait, sereine. Un léger sourire animait son visage. Vêtue d'une robe bleu délavé en tissu, elle portait une couronne qui étincela sous la lumière. Attentif, Louis la détailla : saphirs, rubis, topazes formant des fleurs, et une énorme améthyste au milieu du front. Une ceinture entièrement brodée des mêmes pierreries pendait à la taille. Elle tenait sur ses genoux un jésus aux joues rebondies qui, déjà, bénissait le pénitent de sa menotte droite. L'enfant était blanc. Soudain, un courant d'air frais enveloppa Louis. En se retournant, il aperçut une autre ouverture à demi comblée, entaillée dans la roche. Une sorte d'autel tenait une grande place, un peu en avant de la paroi du fond. Il passa une main hésitante sur la pierre. La surface était lisse et douce. À quoi pouvait-il bien servir ? Il se tordit la cheville sur des débris de poteries. Des traces de foyers et de cendres, des ossements évoquèrent aussitôt dans son esprit de très probables sacrifices.

Il se dirigea vers le tunnel, qu'il entreprit de dégager. Son œil fut alors attiré par une inscription et un dessin taillés à même la pierre. Intéressé, il leva le chaleil pour la lire. Il sursauta. C'était la même que celle gravée sur le linteau de la porte de *L'Étoile de Sirius : Heureux celui qui a pu pénétrer les causes secrètes des choses.*

L'éclairage faiblissait, l'antre redevenait pénombre. Louis décida de rebrousser chemin pour remettre de l'huile dans la lampe. Il eut le temps d'apercevoir, dans sa niche, coiffé d'un chapeau à large bord, saint Roch, le pestiféré, qui pointait un index désignant les plaies de sa jambe droite. Un petit chien, gueule ouverte, le regardait, bavant d'amour.

La lumière s'éteignit tandis qu'il s'engageait dans le boyau conduisant à la cheminée. Sa main brûlée le faisait souffrir, mais la douleur importait peu. Seule comptait l'extraordinaire découverte. Il posa un onguent, mélange de camomille, de bouleau verruqueux et de la dangereuse chélidoine sur sa plaie. Tout en se soignant, il observait l'entrée du tunnel et se demandait comment la refermer. Il y avait peut-être un mot de passe mécanique. Mais lequel ? Il passa la main sur la surface interne de la cheminée, la retira noire de suie. En insistant un peu, il aperçut, là où il s'était cogné, un léger renflement. Il saisit une brosse. La poussière noire tomba sur son visage. Un chiffre peu à peu surgit du néant où le feu l'avait plongé : 1. Louis, fébrile, frotta avec vigueur : un 9, puis un 6, enfin un 5. 1965. Que signifiait cette date ? Il tournait la question dans tous les sens. Soudain, il comprit. Martin, son père, avant de mourir, lui avait enseigné la symbolique des nombres : le 1 représentait l'homme debout, les pieds ancrés sur terre ; le 9, la lune ; le 6, le soleil ; le 5, l'étoile.

Planté devant l'immense cheminée, il leva un bras et appuya un doigt sur le soleil, puis sur la lune, et termina par l'étoile. Rien ne se produisit. Il essaya l'étoile, puis la lune, puis le soleil, jusqu'à épuisement des combinaisons. Sans résultat. L'œil goguenard le regardait. Agacé, il posa son index dans l'orbite creuse. Un grincement aigre répondit à son geste. Il se pencha. Le panneau, tournant sur lui-même, se referma avec lenteur. Un petit bruit sec lui apprit que tout était rentré dans l'ordre. Soudain, pris de panique, il se demanda s'il arriverait à rouvrir. Il frappa les chiffres. Seul le 1 répondit à l'invite. La porte s'entrebâilla tandis que, soulagé, il replaçait son doigt sur l'iris moqueur.

Comme un automate, il alla se laver le visage et les mains, changea de vêtements et se recoiffa. Ayant besoin de retrouver ses esprits, il ouvrit la porte et reçut de plein fouet une formidable bourrasque accompagnée de feuilles qui pénétrèrent dans la pièce dans un tourbillon rapide. Il leva la tête vers le ciel. Les vents cardinaux s'affrontaient. La tempête bataillait ferme. Il eut du mal à refermer l'huis, poussé par un vent puissant. Qui avait jeté un caillou dans le Pavin pour déclencher une telle fureur ? Des légendes tenaces couraient dans les veillées. Lors du dernier cataclysme où la terre fut si violemment soulevée, malmenée, le *Pavens* – celui qui répand la terreur – aurait englouti une cité maudite peuplée d'une redoutable confrérie d'envoûteurs. Lorsque le temps le permettait, en se penchant au milieu du lac, on prétendait apercevoir les ruines des demeures. Il se murmurait sous le manteau que Satan, ayant pris conscience de son éternelle défaite contre Dieu, se serait assis sur les bords du cratère, aurait pleuré de rage, et ses larmes auraient formé les eaux du lac. On disait encore que, si, d'aventure, un promeneur inconscient s'amusait à faire des ricochets dans l'eau, il déchaînait la colère du diable et de ses acolytes encore affairés à d'obscures besognes au fond du gouffre. En réalité, le lac était né de la rencontre explosive de l'eau et du feu. Sous sa forme ronde et sereine se cachait, toujours présente, la bouche du volcan. Ici, on l'appelait le Maar. Chacun admettait qu'à tout moment les forces souterraines pouvaient exploser.

Bien que tenaillé par la curiosité d'en savoir plus et d'avancer dans sa découverte, Louis s'avisa qu'il avait faim et prépara une soupe d'herbes sauvages qu'il but, prenant son temps, revoyant minute par minute l'événement extraordinaire qu'il venait de vivre. Une question l'intriguait : pourquoi l'air était-il si chaud, si humide ? Il aurait dû être froid. Il avait hâte de repartir vers l'inconnu et crut bon de préparer plusieurs lampes qu'il déposerait çà et là en faisant plusieurs allers et retours.

Sous le regard bienveillant de la Vierge noire, Louis, depuis un bon quart d'heure, dégageait l'entrée du second tunnel. Des bouffées d'air arrivaient beaucoup plus fortes, mêlant le chaud et le froid. Une par une, il prenait les pierres et les rangeait avec soin contre la paroi. Il eut bientôt terminé. Essuyant la terre sur son pantalon, il saisit une lampe tempête et s'engagea dans le boyau. Sa silhouette s'étira sur les murs inégaux, prit des formes grotesques. Le souterrain descendait en pente douce vers quelque mystérieux antre secret. Un coude, un rétrécissement plaqué contre la muraille, Louis ouvrit de grands yeux : une grande salle s'offrait à lui. En son centre, une sorte d'immense vasque où bouillonnait de l'eau. La condensation mouillait les murs, traçait des rigoles irrégulières. Des gouttes tombaient à terre avec un petit « flop » et s'évanouissaient aussi vite dans le sol. Intrigué, Louis s'approcha du bassin, se pencha, plongea une main hésitante, la retira avec vivacité : l'eau était chaude ! Il toucha alors le sol : il était tiède ! Un petit courant d'air frais lui fit tourner la tête. Sur sa gauche, un couloir, lui aussi entaillé dans la roche, devait aboutir à une sortie. Il s'y aventura avec précaution. Le sol était glissant. L'atmosphère se rafraîchissait au fur et à mesure qu'il avançait. Une barrière de ronces l'arrêta bientôt. Il leva aussi haut que possible la lampe et aperçut un peu plus loin un inextricable fouillis de végétation. Où était-il ? Mentalement, il essaya de refaire en pensée le chemin qu'il venait d'accomplir depuis son entrée dans la première grotte. Une intuition acérée comme une lame lui traversa l'esprit. Il devait se trouver au bord du lac. Il prêta l'oreille : un léger clapotis tout proche… Posant sa lampe à terre, il sortit son couteau du fourreau et tenta de se frayer un passage. La bataille fut de courte durée. Les mains griffées par les ronces, celle qui était brûlée le faisait souffrir, il était sur le point d'abandonner quand, soudain, une idée surgit : laissée sur le sol, la lueur de la lampe le guiderait afin qu'une fois dehors, sur les bords du lac, il puisse apercevoir l'entrée obstruée de la grotte. Il repartit à tâtons, les mains collées au mur, les pieds hésitants. Les autres lampes mises en place dans la première grotte laissaient flotter un léger éclairage qui le guida avec plus de sûreté dans la seconde partie du trajet. Très excité, il sortit de la demeure avec hâte, refermant porte et secret.

Le cœur de la nuit palpitait, s'échauffait peu à peu. Il était tiède et doux. La tempête avait enfin baissé sa garde, laissant derrière elle un fouillis de branchages. Louis marchait sans lampe, guidé par la clarté de la lune. Il connaissait chaque pierre du sentier. Attentif au remue-ménage nocturne, il surprit, sur les berges humides, une assemblée de crapauds bien calés sur leurs grosses pattes. Ils paraissaient deviser avec gravité de l'air du temps. De belles couleuvres vertes et or, attirées par ce concert, ondulaient, discrètes mais implacables, les gobaient sans façon, interrompant ainsi leur discours. Les batraciens épargnés, stupéfaits par tant d'impertinence, apercevaient leurs confrères disparaître peu à peu dans la gueule des serpents. Ils se défendaient encore sous les crocs, les pattes s'agitaient désespérément, mais les reptiles déglutissaient. Les crapauds entreprenaient alors un long parcours dans le corps du serpent, et leur vie s'éteignait au fur et à mesure qu'ils s'asphyxiaient. Se gaussant de ces vils terriens, les engoulevents à robe rousse, bec grand ouvert, faisaient provision d'insectes, croisaient des hiboux en quête, eux aussi, de nourriture, les saluaient au passage, piquaient vers le sol pour remonter en flèche vers quelques moustiques égarés dans la steppe céleste…

Louis, les yeux habitués à la nuit, scrutait le bord du lac pour déceler une lueur inhabituelle. À ses pieds, une famille de criquets lissait ses ailes et l'orchestre de chambre diffusait un chant lancinant qui, à coup sûr, mettrait sur sa piste une horde de mulots aux intentions peu louables, décimant ainsi une dynastie de musiciens. Une brusque exclamation. Louis aperçut un reflet lumineux près de l'endroit touffu où il cachait *La Glorieuse*. Il avait trouvé ! Il repensa avec acuité à la vasque d'eau chaude. Cette chaleur pouvait s'expliquer par la présence d'une faille volcanique près de l'ancien cratère transformé en lac. Le feu n'était donc pas loin.

Peu à peu, une vérité se fit jour. Léonard devait se servir de ce bassin pour guérir certains malades. Il n'avait que très partiellement déchiffré le manuscrit. Il lui tardait maintenant de se plonger dans l'énorme volume pour connaître le secret de ces voûtes séculaires. Il refit le chemin inverse, indifférent aux rumeurs de la nuit, récupéra sa lampe, resta un moment sur le rebord du bassin où s'agitait l'eau, chercha à en sonder la profondeur, puis il regagna son lit, si fatigué qu'il n'eut pas le loisir d'avancer sa lecture. Demain, il saurait.

Les mal portants furent si nombreux à venir le jour suivant qu'il ne put reprendre la lecture du grimoire, malgré un fort désir qui le perturbait dans sa concentration. Il s'était jusqu'alors intéressé aux plantes et avait négligé les chapitres sur l'envoûtement et le désenvoûtement. Y trouverait-il la clé du mystère de la grotte ? Il le souhaitait et le redoutait à la fois. Pour l'instant, tout était confus, étrange, lourd… S'ajoutait la menace, survenue dans la soirée, de la visite de la maréchaussée. L'ogre Napoléon, assoiffé de conquêtes, jamais rassasié, avait besoin de jeunesse pour l'aider à dominer le monde. L'armée des côtes de l'Océan, héritage de la Révolution, recrutait pour l'Allemagne. Victorieuse à Austerlitz, commandée par des vétérans quadragénaires, elle possédait l'esprit de corps et exaltait le sentiment national. Louis tournait et retournait la question dans tous les sens. Français par son père, Martin, il était italien par sa mère, Bianca Scarlatti. S'il devait entrer dans le feu de la guerre, pour peu que, par un jeu d'alliances, Napoléon la déclarât à l'Italie, il serait obligé de déserter, ne pouvant renier sa double origine. Il s'était renseigné sur la loi en vigueur, avait ainsi appris qu'une réquisition permanente de tous les citoyens âgés de dix-huit à quarante ans était instaurée. Des sanctions lourdes attendaient tout réfractaire : bataillon disciplinaire, corvées les plus dures, uniforme sans collet et revers, sans parements. Pire, la loi du 17 ventôse an VIII déterminait d'autres peines pour l'insoumis : une amende de mille cinq cents francs par exemple. Si sa famille ou lui ne pouvait payer la régie de l'enregistrement, ses biens présents et à venir pouvaient être confisqués. Louis s'affolait à cette seule pensée. *L'Étoile de Sirius* entre des mains impies : impossible ! Il se soumettrait. Une autre solution : le mariage. Les hommes mariés étaient exemptés, ce qui donnait lieu à des unions bizarres : un fringant jeune homme épousait avec un réel soulagement une quinquagénaire plutôt défraîchie. À Besse, il avait entendu les chants qui accompagnaient les conscrits jusqu'à la dernière haie, jusqu'au dernier champ. Le *De profundis* entonné par un chœur lugubre n'était pas fait pour pousser le jeune homme à s'enrôler.

Il pouvait, comme tant d'autres, se cacher dans la forêt, mais l'idée de sa maison mise à sac le tenaillait. Il se rassura en se disant que son état de leveur de maux tiendrait la maréchaussée à distance. Malgré ses vingt ans et le parfum de soufre qu'on lui prêtait, il était craint et respecté. Il but une tisane, mélange de tilleul et de valériane, qui lui rendit son calme et soigna sa main, la protégeant avec un cataplasme apaisant. Comme il avait reçu les mauvaises ondes des malades, elle le faisait encore plus souffrir.

Après avoir ranimé le feu qu'il avait tendance à laisser s'éteindre depuis la découverte du passage, il saisit le gros volume, le posa sur la table et chercha le chapitre qui traitait de l'envoûtement. Ce fut avec surprise qu'il découvrit une page presque vierge juste noircie de quelques phrases :

Dans la première grotte se trouve un autel sur lequel je désenvoûtais. Un large pied supporte la table. En bas de ce pied, il y a une dalle scellée par mes soins. Il te suffira, avec les outils nécessaires, de l'ouvrir. Tu comprendras alors toute la signification de la devise inscrite sur la porte de la Vénus du lac : « Heureux celui qui a pu pénétrer les causes secrètes des choses. » Je l'ai rédigée en pensant à mes héritiers pour qu'ils sachent et mènent leur vie grâce aux secrets qu'elle contient.

Louis bondit sur ses pieds, retrouvant d'un seul coup toute sa vitalité. Il s'empressa d'éteindre le foyer et, muni d'un maillet et d'un ciseau à forte lame, il pénétra dans la grotte où il alluma, non sans difficulté, les mèches humides des lampes laissées là à demeure. Il repéra vite la fameuse dalle et se mit au travail. Il frappa le long du joint à petits coups précis, faisant voler en éclats le bloc figé. S'arc-boutant, il introduisit la gouge et entama une série de mouvements d'avant en arrière qui désolidarisèrent l'ensemble. Avec précaution, il fit levier avec la lame, saisit de l'autre main la dalle et ouvrit la cavité. Il était en sueur. Il découvrit un coffret en étain. Il le saisit, souffla dessus afin d'ôter la poussière, tenta d'ouvrir le couvercle. En vain. L'humidité avait rouillé la clé dans la serrure, l'empêchant de tourner. Il souffla sur les mèches des lampes et regagna la grande salle.

Après un long moment passé à huiler le mécanisme, la clé rétive bougea enfin et la boîte à secrets s'ouvrit. Louis prit entre ses mains le manuscrit qu'elle contenait. Le livre sentait le moisi. Certaines pages étaient collées, mais il lui suffirait de le mettre non loin du feu pour les sécher. L'encre, bien que pâle, était parfaitement lisible. Il pouvait entamer sa lecture. Il lut sans s'arrêter une bonne partie de la nuit. Les révélations de l'aïeul étaient inattendues, effrayantes. Elles le firent basculer dans un autre monde :

Moi, Léonard Solignac, sis à L'Étoile de Sirius, *au bord du lac Pavin, en l'an de grâce 1753, fils de*

Louise Fuveau et d'Albert Solignac, destine ce grimoire à celui de mes descendants qui le trouvera. Il recevra alors tous mes pouvoirs.

Novembre 1753. Je viens de terminer de graisser les serrures d'accès à la grotte. N'y pénétreront que les initiés et les envoûtés ; ceux-ci auront les yeux bandés. Je les ferai tourner autour de la maison pour les égarer, puis ils prendront le passage secret pour arriver à l'eau de l'enfer. J'ai enterré à la porte de ma demeure une hache de pierre, polie de mes mains. Déposée, tranchant vers le haut, elle protégera le domaine de la foudre et des maléfices qui te seront destinés. Moi, Léonard Solignac, je proclame mon état de sorcier. J'ai pactisé avec les forces du mal qui m'ont initié aux grands mystères. Je pratique l'envoûtement, celui qui rend malade par haine, vengeance, cupidité, je joue avec l'âme humaine, qui est noire comme la magie dont je suis familier. Le postulat est simple : chaque être humain connaît l'envie, le désir malsain de nuire, la peur contre laquelle il doit élever une barrière défensive, j'ai la puissance de l'aider en cela.

Louis cessa de lire. Comment ! Léonard, sorcier, vouant aux gémonies les humains. Il éprouva de la honte envers son ancêtre mais il voulait en savoir plus et reprit sa lecture :

Ainsi naissent sur terre jeteurs de sorts, envoûteurs, désenvoûteurs, qui, souvent, s'incarnent dans le même homme. Fouiller dans le noir lacis des âmes est pour moi un jeu cruel, mais il me donne des joies immenses où je puise la force redoutable de mes maléfices.

J'ai trouvé mes sources dans le livre Malleus maleficarum *datant du Moyen Âge. J'ai appris les formules magiques. D'un geste, j'assèche le pis de la vache. Je rends malades les bien portants.*

Mais j'ai aussi le pouvoir de désenvoûter, car je suis barreur de sorts. Je suis né avec une tache. Le jour du solstice d'été, le sceau du diable s'imprime au creux de mon bras gauche. Une silhouette de chauve-souris apparaît peu à peu à partir de minuit pour s'éteindre le lendemain à la tombée de la nuit. Ailes déployées, elle manifeste ma qualité de démiurge habité par un pouvoir surnaturel. Puis elle disparaît. Toi qui me découvres, qui que tu sois, si tu respectes ce pacte, tu hériteras de ma puissance. Mais tu devras obéir à sept règles.

Pourquoi sept ? Parce que l'Éternel s'est reposé le septième jour, son œuvre créatrice accomplie. Parce qu'il y a sept jours dans une semaine, parce que l'arc-en-ciel compte sept couleurs, parce que la musique, si riche et si féconde, comporte sept notes sur la gamme, parce qu'il y a sept péchés capitaux. Voici ces règles :

1. Tu développeras ta volonté qui devra être sans faille.

2. Tu cultiveras l'isolement moral.

3. Tu choisiras un lieu de méditation en rapport avec ton vœu de solitude.

4. Tu resteras assis, contemplatif, pour mieux te mesurer à toi-même.

5. Tu adopteras une discipline pour respirer avec lenteur, acquérir ainsi un rythme profond qui amène à la sérénité.

6. Tu développeras ton imagination pour voir, sentir, la personne visée. Cet état détermine des forces qui déclenchent des manifestations diverses.

7. Tu porteras toujours un vêtement de laine blanche qui te protégera. Parvenu à une véritable ascèse, tu deviendras capable d'envoûter et de désenvoûter à ta guise.

Pour opérer un maléfice, je me sers d'une dagyde, effigie qui représente la personne. Car le voult, ou envoûtement, vient du mot vuhus *: « visage ». Je recherche la ressemblance d'après les indications du demandeur.*

Après avoir concentré mon esprit, je pique, avec une longue aiguille empoisonnée au curare, le cœur de la statuette afin d'obtenir la mort ou la maladie. Je peux aussi forcer l'amour entre deux personnes. Je prends un clou prélevé sur le cercueil d'un trépassé. Je le pique dans un de mes pas sur le chemin que peuvent suivre la femme ou l'homme désignés. Je l'entoure d'un cercle magique et je récite l'incantation appropriée. Si, dans les sept jours qui suivent, ils passent en ce lieu, ils seront encloués[1]*. Le sortilège est le suivant : « Clou, je te prends pour que tu me serves à faire tout le mal possible à ceux qu'il me plaira. Au nom du Père, du Fils et du Saint-Esprit, amen. »*

Tu pourras ainsi faire crever toutes sortes d'animaux : chevaux, vaches, moutons. La vengeance est terrible pour celui qui, impuissant, voit périr son bétail.

De plus en plus effrayé par ce qu'il découvrait, Louis n'en menait pas large. Par quelle manipulation avait-il échappé à la main de Satan ? Des frissons le parcoururent, lui, si porté sur l'entraide, l'amour de l'autre. Comment pouvait-on être si mauvais ?

Et pour l'Homme, me diras-tu ? Tu as déjà découvert ses deux passions funestes, la haine, qui fait quérir le pouvoir et l'argent, et l'amour, mais pas le pur, le charnel, le désir de posséder par soumission… Use de ton ascendant et porte l'étoile à cinq branches inscrite dans un cercle. Elle symbolise les quatre éléments et l'esprit divin dirigé vers le ciel.

---

1. *Ensorcelés.*

Un jour, tu seras même capable d'enclaver le loup. Depuis des siècles, la multitude accuse le loup d'attaquer les troupeaux, de dévorer les humains perdus sur son territoire. T'es-tu une seule fois demandé : que fait l'homme ? Lui aussi, il se nourrit bien d'animaux, s'entretue, défend ses terres. Alors, où est la différence ?

L'homme et le loup sont des bêtes sauvages qui se ressemblent ! J'aime le loup. Intelligent, discipliné, il a ses lois, les respecte. Il obéit au chef. Comme toi et moi, il chante de sa voix grave et profonde, il connaît la joie, l'amour, la tendresse et la tristesse. Le loup est assez fin pour connaître tes intentions. Il agira en conséquence. Contrairement à l'homme, il n'y a point d'artifice en lui. Ses gestes et son attitude sont en harmonie avec son instinct. Va vers lui sans crainte, mon fils, et il t'aimera. Bien sûr, il m'est arrivé de trouver les squelettes de mes moutons, les peaux retournées, qui traînaient à l'entour. C'est la vie ! Je n'aime pas les pièges à loups. Tu en tues un, il en revient dix ! De toute façon, il craint l'homme et ne l'attaquera que s'il est en danger.

Voici la recette qui enclave le loup, le rend inoffensif, l'asservit. Pendant cinq jours d'affilée, tu vas répéter toutes les heures l'oraison du loup : « Viens, bête à laine, c'est l'agneau d'humilité, je te garde. Va droit, bête grise, à gris gripeux, va chercher ta proie. Loups, louves et louveteaux, vous n'avez pas à venir à cette viande qui est ici. Vade retro Satanas ! »

Puis, si tu te trouves enfin devant l'animal, pointe l'index de ta main gauche vers lui, fixe-le entre les yeux et récite à haute voix : « Tapa minaou, *diable te gare, laisse la bête, elle n'appartient ni à toi ni à moi. » Tu le gouverneras à ta guise.*

Louis respectait le loup et trouvait que c'était un bel animal. Il avait dernièrement croisé une meute mais elle l'avait ignoré. Cependant, dans la forêt dense, il y avait aussi des solitaires qui, faute de gibier, attaquaient parfois des voyageurs imprudents. Perturbé par les maléfices qu'il venait de découvrir, il admit que l'enclavement du loup pouvait lui être utile pour ses semblables et lui.

Mais toute histoire a un commencement et je te dois la vérité. Dès l'âge de six ans, mon père m'avait appris à garder les moutons, à faire les foins et à l'aider dans tous les domaines agricoles. Il était aussi rebouteux à ses heures. Il connaissait de multiples recettes pour guérir les gens qui venaient à lui. C'est donc très jeune que j'appris le métier. Mon père était sévère et souhaitait que j'aie de l'instruction. Il m'apprit à lire et à écrire. Les plantes le fascinaient. J'ai, sur ses recommandations, lu beaucoup d'ouvrages sur la botanique.

En 1721, j'eus dix-huit ans. J'étais déjà sourcier. Je m'étais aperçu de ce don après avoir cueilli une baguette de noisetier en forme de Y qui m'avait précipité vers le puits de la ferme. Mes mains enserraient les branches du bois tandis que la pointe oscillait à droite ou à gauche, me montrant le chemin. C'est ainsi que, lors d'une promenade, la baguette m'a entraîné vers la source d'eau chaude cachée dans la grotte. Elle devait exister depuis bien longtemps. Les tunnels avaient été creusés par la main de l'homme. Avertissant mon père de ma découverte, nous en avons tiré parti. C'est nous qui avons relié la maison par la cheminée, et installé dans le plus grand secret le mécanisme que tu as trouvé.

La grotte ne désemplissait pas. Nous trempions les estropiés, les mourants, les malades dans l'eau chaude, en psalmodiant des incantations pour faire fuir le mal. Beaucoup nous demandaient de jeter des sorts, l'un aux bêtes de son voisin, l'autre à sa femme qui se refusait… Les sacrifices et les incantations se faisaient dans l'autre grotte, où, pour mettre en confiance, nous avions installé Notre-Dame et saint Roch. La magie s'accompagne de rites chrétiens et de prières.

Tu as dû te demander pourquoi la Vierge était aussi noire : le sculpteur avait choisi à dessein du chêne, qui, laissé au fond de l'eau pendant des années, devient tendre comme le tilleul et sombre comme le basalte. Facile à travailler, il se transforme, en séchant, en bois dur comme l'ébène, à qui il ressemble comme un frère. L'Enfant Jésus est blanc. Il a été sculpté à part et mis entre les mains de la Vierge.

Nous ne manquions de rien. Chaque malade nous apportait des victuailles ou de l'argent pour nous ravitailler sur le marché. Nous avons fini par vendre le bétail pour nous consacrer à notre art.

Hélas ! En 1723, année de mes vingt ans, une épouvantable épidémie de choléra ravagea le pays, décimant une grande partie de la population. En un mois, je perdis ma mère, mon père et mes deux frères. Je fus épargné, peut-être parce que les forces du mal avaient encore besoin de moi. Cependant, je fus vite montré du doigt par les survivants et désigné comme coupable. Une nuit, ils montèrent jusqu'à la maison et lancèrent des pierres sur les fenêtres en m'injuriant. Barricadé, j'ai décidé de partir dès le lendemain.

Je descendis vers le sud. L'Italie me tentait. Je fis en chemin mille rencontres, mille travaux. Je restais même un an chez le sieur Tardieu, ébéniste qui m'apprit le métier. Arrivé à Crémone, sise sur le Pô, en Lombardie, je rencontrai Me Tomasini, luthier, qui me prit dans son atelier sis à côté de l'église San Michele, dont le carillon rappelait sans cesse aux laborieux que leur tâche n'était pas terminée. Sa fille Anna était belle et bonne. Je l'épousai. Mon beau-père me présenta au grand, au très grand Stradivarius, qui, à l'âge de soixante-dix-neuf ans, était toujours aussi passionné par son métier. Ses fils, Omobono et Francesco, œuvraient avec lui. Ils confièrent à l'atelier de Tomasini la réalisation des volutes et des chevilles sur lesquelles s'enroulent les cordes.

Anna mourut en mettant au monde notre fils Stephano, en 1725. J'y vis une malédiction divine pour me faire expier mon passé en Auvergne. Je promis alors de ne plus commercer avec le diable pour que mon fils survécût à sa mère. Hélas ! Il mourut aussi.

Malgré des tentations, des tumultes, je ne cédai point aux appels des ténèbres. Tout au plus pratiquai-je la science des plantes, qui ne présentait pas les mêmes dangers. En 1737, la mort du grand Stradivarius, mon maître dans de nombreux domaines, me poussa à quitter Crémone pour Venise la Sérénissime. J'y arrivai après une nuit d'orage. Quelques vapeurs flottaient encore sur l'eau noire où des barques glissaient sans bruit. Des silhouettes imprécises se fondaient sur un simulacre d'horizon. Des rats énormes s'affairaient sur un tas d'immondices, se disputant avec âpreté les reliefs d'un festin. Je frissonnai d'effroi. L'eau féline léchait les murs, ondulait, s'infiltrait, omniprésente, gardienne de la mémoire de la cité lacustre. Reine des métamorphoses, elle jouait avec la lumière. Les statues s'animaient alors, redonnant vie aux chimères. Grand corps fluide à demi immergé, Venise avait une âme qui palpitait sous les ponts, aux portes des palais. Bien plus tard, je fis la différence entre cette fille des mers, offerte, impudique et lascive, et cette femme secrète et masquée, repliée sur d'obscurs mystères.

La chance était à mes côtés. Elle me fit rencontrer il Prete rosso, *le Prêtre roux, Antonio Vivaldi. Il m'engagea au célèbre* Conservatore de l'Ospedaletto della Pietà, *hospice qui recueillait des orphelines ou des filles illégitimes abandonnées sur les marches. Elles y recevaient une excellente éducation, dont la musique était l'un des plus beaux fleurons. Connaissant mon activité à Crémone, il me chargea de régler chaque violon, puis me confia l'atelier de lutherie.*

Venise, les femmes, le violon, la musique, ce tourbillon me fit oublier un temps le maléfice dont j'étais victime. La chauve-souris réapparaissait cependant à date fixe, au solstice d'été, pour me rappeler la malédiction. C'était pour moi une journée de cauchemar. Le démon me tentait par tous les moyens. De minuit à minuit, je me réfugiais dans l'église Santa Maria della Salute, *à l'entrée du canal. Là, j'étais à l'abri et sous la protection de l'église, il ne pouvait plus rien sur moi.*

Je convolai en secondes noces avec Luisa Rossi, fraîche fleur du printemps, en 1745, et Martin, mon second fils, naquit le 24 septembre 1746. Élevé à Venise, je lui appris le métier de luthier et l'art de soigner par les plantes. Par bonheur, le signe démoniaque n'apparaissait pas à la saignée de son bras gauche. Je lui parlais en français. Je lui décrivais l'Auvergne, L'Étoile de Sirius. *Il était vif, aimable et travailleur. Luisa, sa mère, me quitta un jour pour un militaire qui l'emmena sous d'autres cieux. Nous restâmes seuls, désemparés devant l'inconstance féminine.*

C'est à cette époque que je retombais en sorcellerie. Je me fis rapidement une excellente réputation, car Venise la Diva recevait en son cœur et dans ses flancs un peuple agité de démons malfaisants. La majorité de mes adeptes se composait d'hommes ou de femmes, masqués pour la plupart, qui souhaitaient un philtre, une recette, un talisman, pour gagner l'amour de l'être désiré. Souvent, les mêmes me rendaient visite afin de combattre l'infidélité ou lancer un sortilège sur un rival à évincer. Bref, mon bréviaire regorgeait de recettes de cet acabit, et mon antre ne désemplissait pas. J'étais riche, courtisé, respecté, mais malheureux, las de cette vie ténébreuse. L'envie de revenir au pays me tenaillait. Martin avait pris le relais. L'atelier de lutherie fonctionnait à merveille. Je pouvais partir sans remords. Après avoir cassé en deux ma tessère d'ivoire, je remis à mon fils bien-aimé le J de Jésus-Christ en lui faisant promettre de me rejoindre un jour. Nous nous quittâmes fort émus.

Je ne devais jamais le revoir. J'appris par un colporteur qu'il s'était marié, avait eu un fils – mon petit-fils. Possédait-il le signe ? Était-il mon héritier ? Un jour, sans doute, l'enfant aurait envie de connaître l'envers des Alpes pour retrouver ses vraies racines : la France. Ainsi s'explique la présence de ce grimoire : perpétuer la tradition familiale de leveur de maux où il n'y a pas de place pour le Malin.

Malheureusement, les forces du mal ne me laissèrent point en paix, et cette lutte inégale me rendit si malade que je m'alitais. Lucifer m'apparut en songe une nuit de tourmente pour me rappeler mon pacte. Il n'y avait qu'une solution pour me délivrer : l'échange, celui-là même que subit avec bonheur Blaise Pascal, natif de Clermont-Ferrand, célèbre inventeur d'une machine arithmétique, écrivain très lu et recherché, et qui serait resté à jamais dans l'antre de l'enfer si le maléfice dont il était victime n'était passé sur une autre tête. L'histoire m'a été racontée par la nièce d'Angèle Murat, servante chez les Pascal, témoin oculaire digne de confiance. Très jeune, vers les quinze mois, je crois me souvenir, Blaise n'avait pas un comportement normal, et son érudit de père, effaré, regardait, sans pouvoir agir, son jeune fils se convulser et hurler comme un suppôt de Satan. Piarrone la sorcière, appelée au chevet de l'enfant, ricana et admit que, par vengeance envers la famille Pascal qui lui avait refusé jadis un emploi de servante, sous le fallacieux prétexte qu'elle était borgne, elle lui avait jeté un sort, et pas n'importe lequel : la mort ! Épouvantés, les parents la menacèrent de la potence ou du bûcher, sorts réservés aux sorciers. « Je pense parvenir à faire quelque chose, admit-elle, revenue à un peu plus de sagesse. Trouvez-moi un animal et je vais passer sur sa tête le sortilège. »

À cette époque, des hordes de chats trouvaient refuge dans les étables, où rats, mulots et souris composaient l'essentiel de leurs repas. Étienne Pascal n'eut aucun mal à se saisir d'un gros matou repu qui faisait une sieste dans la cour. La sorcière Piarrone prit le chat par la peau du cou, cracha trois fois sur lui. La bête miaula, se défendit toutes griffes dehors et chercha à s'enfuir. Elle marmonnait des litanies tout en montant avec peine l'escalier. Là, elle fit soudain face à deux moines capucins qui se figèrent et s'exclamèrent à haute voix : « Ô Seigneur, délivre-nous de cette maudite créature. » Ils brandirent la croix ouvragée qu'ils portaient sur la poitrine.

La vieille femme hurla. Sa bouche édentée montrait une langue violette, boursouflée. Le chat la mordit alors cruellement, sauta par un fenestrou, se reçut mal et, fait rare, se brisa les reins. Agacée, elle menaça de partir, mais on ne lui en laissa pas le temps. La servante lui en apporta un autre, tout aussi terrifié par la présence du Malin qu'il sentait près de lui. La Piarrone le porta dans la chambre de Blaise. La bête se réfugia sous le berceau tandis qu'elle préparait un cataplasme selon une recette qu'elle ne voulait pas dévoiler, mais j'ai su depuis qu'il y avait un mélange de feuilles de dompte-venin, de chêne et de fusain bonnet-de-prêtre, au nombre de neuf, cueillies avant le lever du soleil par un cousin de moins de sept ans. Auparavant, elle avait mis la famille à la porte afin que l'atmosphère de la chambre fût purifiée. Elle savait ce qui l'attendait en cas d'échec. Elle posa le mélange dans un linge fin, sur le ventre de Blaise. L'enfant resta immobile, froid. Elle fit alors rentrer les parents. Le père jeta un regard sur son fils, le crut mort, gifla la Piarrone qui murmura : « Messire, il doit rester comme cela jusqu'à minuit et plus, ensuite il sera guéri. » Elle se sauva, défaite, dans un grand bruit de sabots et de jupes froissées. À 6 heures du matin, alors qu'Étienne Pascal lui tenait la main, l'enfant ouvrit les yeux et sourit. Sous le berceau, le chat noir, raidi par la mort, attestait de la réussite de l'échange. Un incroyable destin attendait Blaise Pascal, qui partit à Paris à l'âge de huit ans, délivré à jamais.

Cet échange devint pour moi l'éternelle obsession. Mais, pour être délivré, il m'était nécessaire de connaître mon envoûteur. C'est alors que l'envie de retrouver L'Étoile de Sirius *sur les bords du lac maudit me prit.*

Écœuré par les pratiques sataniques de son aïeul, le jeune homme décida qu'il n'irait pas plus loin dans sa lecture. Le lendemain, encore tout secoué et ému par son affreuse découverte, Louis éprouva le besoin d'aller battre la campagne. Il marchait d'un pas vif, en longues foulées égales, sur le sentier bordant la rivière. Elle glissait, long ruban d'acier, pour exploser quelques mètres plus loin en un scintillement perlé. L'air était doux et parfumé. Il perçut une rumeur lointaine. Attentif, il ralentit sa course et entendit des voix mâles chantant avec force un refrain connu dont il ne saisissait pas encore les paroles. Il sourit. Les scieurs de long remontaient sans doute vers un nouveau chantier, toujours par paire, comme le voulait la tradition : d'un côté les chevriers, de l'autre les renards. Porté sur les ailes de l'écho, le chant s'intensifiait :

« Tous ceux qui sont à l'aise
Sont les scieurs de long,
Tioungri, tioungra, tra-la-la
Sont les scieurs de long. »

Un baryton se démarquait des autres voix plus ténues.

Louis, avec son père, avait admiré le travail de chaque couple. Le chevrier, en équilibre sur la bille de bois, guidait par gestes et d'une voix de stentor le déplacement de la lame, l'arrêtant si son *alter ego*, le renard, en modifiait la course.

Le jeune homme déboucha dans une vaste clairière. Le sentier quittait les berges pour remonter vers le sommet. Une exclamation proche l'arrêta :

— Hé ! Regardez, là, devant vous, un *leu*[1], mais non, ne t'avance pas, il va te sauter dessus.

— Tu vois bien qu'il a la patte coincée dans le piège. Il faut le tuer !

Des grondements rauques, des bruits de branchages, des jurons…

Louis fit volte-face et se mit à courir. Il arriva au moment où un des hommes levait une énorme hache sur un louveteau qui, courageux, le regardait droit dans les yeux, sachant que pour lui tout était fini.

— Non, non, laissez-le-moi ! s'écria-t-il, essoufflé.

Ils le regardèrent, sidérés, tandis que le bras qui tenait l'outil redescendait avec lenteur. Psalmodiant l'incantation qu'il avait maintes fois répétée, l'index pointé vers le loup, Louis fit sensation. Les scieurs de long reculèrent de plusieurs pas tandis que la bête, malgré sa souffrance, se taisait. Louis s'approcha alors, s'agenouilla, tout en parlant à la bête, qui ne le quittait pas des yeux.

1. *Loup en ancien français.*

— Je ne te veux pas de mal, au contraire, je vais te délivrer et te soigner.

Médusés, les scieurs de long n'en croyaient pas leurs oreilles.

— C'est un sorcier ! Nous, les leus, on leur fait la peau, on ne les sauve pas !

— Et puis, intervint un des chevriers, s'il est là, les autres sont pas loin. Ils attendent de le bouffer.

— Y a de grandes chances, soupira un des renards.

— T'appelles ça une chance ! Allez, on lève le camp avant de se faire dévorer. Prudence, tenez-vous sur vos gardes !

Comme pour lui donner raison, un hurlement assez proche se fit entendre, suivi d'une cantilène qui s'éleva *crescendo*. La meute entière faisait chorus. Tous se signèrent. Hâtivement, ils ôtèrent leur chapeau à large bord souple, qui protégeait leurs yeux de la sciure lorsqu'ils travaillaient, le plièrent avec soin ; chacun le posa sur son épaule afin d'amortir le poids de l'outillage qu'il transportait. Ce faisant, ils lorgnaient Louis agenouillé près du loup, secouaient la tête, levant les yeux au ciel afin de le prendre à témoin de cette déraison. Puis ils quittèrent les lieux sans s'attarder. Par expérience, ils savaient que la harde resterait sur place tant que le sorcier n'aurait pas délivré le blessé. Là-haut, les corbeaux croassaient avec bruit. Sans nul doute avaient-ils repéré le festin à venir.

Louis ne ressentait nulle peur. Tout en fixant le jeune loup, il lui parlait avec douceur afin de le mettre en confiance. La bête, peu rassurée, tirait sur le piège, grognait sourdement. Il écarta avec beaucoup de mal les dents meurtrières, dégageant la patte blessée.

Au lieu de chercher à s'enfuir – l'aurait-il pu ? –, le loup bascula sur le dos, pattes écartées, urina… Signe de soumission au dominant. C'était une femelle.

Le silence s'était fait… Louis se savait observé. Il se retourna vers la forêt, entonna d'une voix forte l'incantation d'enclavement, fit un cercle à l'aide d'un bâton dont il était, avec la louve blessée, le centre. Les entités néfastes ne pouvaient franchir cette ligne, sauf celles que Louis souhaitait voir entrer. Le démon était alors à sa merci et ne pouvait rien lui refuser.

— Fades, venez, approchez-vous de moi, ô créatures ensorcelées, ô filles des ténèbres, menées par la puissante Lilith, faites ce que je vous ordonne. Ô, vous les Dormants, Dracs et Toutsus[1], je vous mets en demeure, par le serment du démiurge qui nous lie, de m'aider de vos pouvoirs. Malheur et encore malheur à celui qui

1. *Lutins farceurs.*

m'entrave et me gêne. Ô ! Vous, Satan, seigneur des Enfers, venez à mon aide, enclavez les loups tout le temps que je vais mettre pour remonter avec l'animal à ma demeure.

La louve s'était évanouie de douleur. Il la prit avec précaution et la chargea sur ses épaules. Le sang coulait de la plaie béante, ruisselait sur sa chemise, s'imprégnait dans le tissu du pantalon. Aucun signe tangible de la meute. Plusieurs fois, il refit le cercle magique en pénétrant dans la forêt. La lumière, parfois, surgissait, irisait de traits diamantés le faîte des arbres, s'émiettait d'un coup à travers la feuillée. L'ombre reprenait alors ses droits, accentuant les formes. Il atteignit la maison une heure après et s'occupa de soigner l'infortunée. La bête le laissa faire. Les ligaments avaient été endommagés, parfois cisaillés à la hauteur du cinquième doigt, qui ne reposait plus sur le sol. Il était sûr que jamais la louve ne remarcherait normalement. Louis prépara un cataplasme à base de myrtille, de quinquina, de mandragore et de bourse-à-pasteur. Tout en arrêtant l'hémorragie, l'emplâtre empêcherait la fièvre, possédant une action bactéricide et anesthésiante, laissant ainsi l'animal dans une léthargie bienheureuse.

Louis prit enfin le temps d'examiner la bête. Elle était jeune, n'avait pas deux ans, âge de la maturité sexuelle. Son pelage était encore duveteux et brillant, noir et blanc strié de gris, avec, le long des flancs et des pattes antérieures, un léger fond de roux. Un museau fin et pointu, des joues musclées, des oreilles écartées, toujours dressées, en éveil, une queue courte et épaisse, des pattes solides, longues et puissantes. Les yeux qui l'observaient, implantés à l'oblique, avaient l'éclat ambré du miel. Le pelage, tacheté de blanc autour des yeux, en faisait ressortir les subtiles nuances.

— Je suppose que tu as faim, dit-il en se dirigeant vers la cuisine.

Un lièvre, reçu le matin même, ferait un excellent repas. Il le dépeça, mit de côté la fourrure, et le coupa en morceaux plus ou moins réguliers qu'il offrit à la bête. En cours de nuit, Louis fut réveillé plusieurs fois par l'animal qui s'agitait. Il se leva, tout en lui parlant afin d'éviter la morsure des crocs, toucha le mufle chaud, lui fit boire une décoction apaisante et changea le cataplasme.

— Isis, je vais t'appeler Isis, lui dit-il tandis qu'elle somnolait, le museau entre ses pattes.

Au son de la voix, elle remua une oreille, ouvrit un œil doré qu'elle referma aussitôt. Au saut du lit, il la retrouva devant la porte. Elle avait essayé de se relever, s'était traînée, puis s'était écroulée, une fois de plus, taraudée par la douleur. Il l'appela. La douceur du ton lui fit lever la tête. Elle gronda lorsqu'il tenta de la soulever pour la ramener devant l'âtre puis se mit à japper comme un chiot que l'on soigne malgré lui, retirant sa patte avec vivacité lorsque Louis, pourtant prudent, appuyait un peu trop fort sur la blessure.

— Isis, répétait-il afin qu'elle s'habituât à sa voix.

Il caressait le dessus de la tête, descendait le long de l'échine. Elle se hérissait, apeurée, puis s'apaisait, consciente d'avoir trouvé un protecteur qui ne lui ferait aucun mal. Il la fit boire, lui donna un petit pigeon dodu qu'elle mastiqua pendant un long moment avec délicatesse, tenant la carcasse de sa patte saine. Elle offrit à Louis un beau regard dénué d'agressivité.

Soudain, il se tapa le front et s'exclama :

— Pourquoi n'y ai-je pas songé plus tôt !

L'eau de la grotte était l'alliée d'Isis. Sortie chaude des entrailles de la terre, elle accélérerait la cicatrisation. Louis étala à côté d'elle un petit drap, la déposa dessus, rabattit les coins qu'il noua. Emprisonnée, elle tenta de se dégager, mais il l'avait soulevée de terre et la tenait solidement. Il actionna le mécanisme d'ouverture de la grotte et s'engagea dans le tunnel en la tirant doucement. La bête grogna, menaçante. Il tenta de la calmer, lui expliquant que c'était pour son bien qu'il faisait cela. Ils furent bientôt sur le bord de la vasque chaude. L'atmosphère humide déplaisait à la louve. Louis la saisit à bras-le-corps et plongea la patte dans l'eau sans lâcher prise. Il récitait à voix basse les incantations d'enclavement afin de la calmer. Isis finit par céder. Ils refirent le chemin inverse de la même manière. Demain, il remplirait le chaudron qu'il ramènerait dans la salle. Ce serait plus simple.

— Je dois m'en aller pour la journée, je descends à Besse. J'ai besoin de rencontrer une autre forme de foi, lui dit-il.

L'animal, étourdi par le changement brutal de son mode de vie, tentait de comprendre ce que son sauveur voulait dire. Il laissa à sa portée une écuelle d'eau, une autre remplie de morceaux de viande et de poissons séchés et une litière où elle pourrait faire ses besoins. Refermant la porte, il s'éloigna.

IV

Le pèlerinage

— ANTOINE, laisse-moi, arrête de me tirer les cheveux, gronda-t-elle. Tu me fais mal, ce n'est pas drôle !

Elle tenta de lui saisir la main. L'enfant, assis sur le lit, lui caressa le front, exécuta un beau pied de nez et disparut. Marie se réveilla en sursaut, se dressa sur son lit, toucha l'édredon. Il lui sembla qu'un creux était là, sous ses doigts, encore chaud.

— Antoine, murmura-t-elle, désespérée, Antoine…

Des larmes roulèrent sur ses joues, elle les essuya avec le revers du drap. Elle porta alors la main à sa tempe, là où l'enfant avait tiré la mèche. Elle avait mal juste à cet endroit. Le souffle régulier de Matthieu lui parvint, la rassurant. Elle n'en avait parlé à personne car personne ne voudrait la croire. Antoine, depuis sa mort, lui rendait de fréquentes visites et des traces de son passage semblaient confirmer sa présence. Des questions troublantes affluaient. Il prenait contact avec elle, toujours pendant son sommeil. Mais alors, si la mort avait pris son corps, son esprit vivait toujours ? Il lui était difficile de s'habituer à cette idée.

Désorientée, Marie se leva et se dirigea vers l'évier où trempait de la vaisselle depuis hier au soir. Elle croisa Martial qui, la saisissant par le bras, l'arrêta net.

— Je te vois tellement tourmentée depuis la mort d'Antoine que tu me fais pitié.

La jeune fille rougit. Il continua :

— Tu avais beaucoup grossi, tu es si maigre maintenant que tu flottes dans tes vêtements.

Elle secoua la tête, les yeux emplis de larmes.

— Mais non, papé, ça va.

La jeune fille lava et sécha les couverts. Martial la regarda faire un moment sans rien dire puis, n'y tenant plus, il se lança :

— Je voudrais que tu viennes avec moi au pèlerinage de Vassivière pour deux raisons. La première est que la Vierge noire de Besse exauce bien des vœux, lave nos impuretés à sa source. À regarder son visage et celui de son enfant, on devient meilleur, on se libère de nos péchés. La seconde est que j'ai eu vent, par Alfred, qu'il y avait un jeune sorcier au lac Pavin qui exorcisait les familles ou les gens sur qui le mal s'acharne. Je veux que nous le rencontrions tous les deux afin que son fluide chasse les démons et que nous puissions ainsi retourner à Cornil purifiés. Il fabrique des potions, des amulettes que nous lui achèterons et que nous mettrons dans la maison afin que tes parents, tes frères et les animaux soient, eux aussi, désenvoûtés.

Marie s'était figée, écoutant la voix posée de son grand-père. Elle hocha la tête, le visage empreint de gravité.

— J'irai avec toi. Je boirai l'eau sainte de la source, je prierai la Vierge et l'Enfant, mais je n'irai pas voir le sorcier.

— Comme tu voudras, dit-il. Je ne veux pas te forcer.

— Mais pourquoi aller si loin ? À Favars ou à Lagraulière, c'est quand même plus près !

— Parce que j'ai brûlé une tige de fusain en récitant le lieu des pèlerinages, et c'est à Notre-Dame de Vassivière, dont je citais le nom au moment même où le bois a fini de se consumer, que je dois aller. Nous partirons trois jours avant, pour être le 2 juillet à Besse.

— Bien, dit-elle, sobre comme à son habitude. Maman le sait-elle ?

— Oui, oui, ne te fais pas de souci. Elle n'a prévu aucune lessive et elle laissera ce qu'elle ne pourra faire en attendant ton retour. Et puis Matthieu te remplacera. Ça lui apprendra que les femmes ont beaucoup à faire dans la maison et au-dehors.

Marie, les bras chargés d'ustensiles de cuisine, se dirigea vers le buffet et les rangea dans le grand tiroir. Tout en les plaçant dans l'ordre habituel, elle s'interrogeait sur l'opportunité de parler de sa tragique aventure à son grand-père. C'était un homme intelligent et bon, il comprendrait sa souffrance, son dégoût, son besoin de purification. Mais elle était habitée par la honte, la crainte d'un déshonneur, et par cette mort d'enfant qu'elle n'avait pas voulue. Non, elle ne pourrait supporter le regard ébahi du papé devant sa petite-fille souillée à la fois par l'homme et par la mort.

Pendant les deux journées qui précédèrent le départ, Martial s'affaira à réparer les roues de la carriole, vérifia le frein, monta la bâche sur les cerceaux, mit deux litières et des édredons derrière, car ils coucheraient à la belle étoile pour ne pas écorner leurs économies, prépara des provisions de bouche. Marie repassa sa coiffe, qu'elle amidonna légèrement, sa robe et les jupons qui allaient avec. Elle attendait beaucoup de ce pèlerinage. Se sentir lavée, purifiée de l'acte honteux dont elle n'était pourtant point coupable… Sanctifier le petit mort. Prier pour Antoine. Elle tendait de toute son âme saine vers l'oubli qui permettait de vivre avec moins de chagrin.

Tout en travaillant, elle observait Soleil qui se plaisait plus devant l'âtre que sur le plateau de Puy-Marut. Il avait adopté le petit chat offert par Géraud à Marie et mettait un point d'honneur à s'en occuper. Lové bien au chaud au creux d'une patte, le minet se faisait cajoler par le grand chien fou. Chaque coup de langue le déstabilisait, mais, imperturbable, il reprenait sa position initiale. Puis, un peu maladroit, il se léchait le côté d'une patte, s'en servait comme d'un gant de toilette, le passait derrière l'oreille, la joue, insistait sur l'épaule, le ventre, le flanc soyeux, mordillait la pointe de la queue, remontait vers les organes génitaux en se contorsionnant, tête dans la soie de la fourrure qu'il démêlait à petits coups de dents secs.

Marie devait repasser ce matin-là. Elle se dirigea vers la cheminée pour déposer le fer froid et en prendre un chaud. Elle ne résista pas au plaisir de serrer le chaton contre elle et le caressa avec tendresse. Soleil se redressa, quémandant lui aussi quelques douceurs. La queue remuait et les yeux d'or étincelaient tandis que la main de la jeune fille descendait le long de l'échine. Il jappait, joyeux. Elle reposa le petit chat pour saisir un fer brûlant.

— Matthieu souhaite que je t'appelle Paille à cause de tes reflets jaunes. Allons-y pour Paille !

Pendant qu'elle aplatissait les ruchés d'une des coiffes de sa mère, elle pensait à sa prochaine délivrance. Guérir, ne pas oublier mais parvenir à ne plus souffrir. Voilà ce qu'elle espérait du pèlerinage. Le jeune sorcier ? Papé avait rectifié, non pas sorcier mais leveur de maux. Ce n'était pas le même sens. L'un sombre et inquiétant, l'autre lumineux et guérisseur.

Un plafond d'étain pesait sur la plaine. La rivière dérivait, bordée de trembles et de chênes. Parfois, des saules mélancoliques trempaient leurs longues chevelures frissonnantes dans l'eau. Des rafales de vent projetaient des rigoles froides tombées des arbres sur la bâche de la carriole. Un grand mur gris s'avançait, coupant la fuite des collines vers l'horizon. Martial laissait la jument trotter à son rythme. Derrière lui, Marie, endormie sur la litière, tressautait selon le mouvement que les baissières imprimaient aux roues. Il dirigeait l'attelage d'une poigne souple tout en chantonnant. Soudain, après une montée sans soucis, la route redescendit, abrupte. Il tira sur le trait et serra la manivelle, les roues crissèrent, la bâche de la carriole trembla sur les arceaux.

Le visage de Marie apparut, anxieux.

— Tout va bien, rassura le papé. On va s'arrêter. Princesse a besoin de repos, d'un bon seau d'orge et d'eau.

Il obliqua vers un sentier. La pluie avait cessé. Il dételа la jument, l'attacha à un arbre, la longe assez lâche afin qu'elle puisse mordre à pleines dents l'herbe drue. Après l'avoir bouchonnée, il examina les fers, lui tâta les jarrets et la complimenta sur son sérieux. La belle hennissait doucement.

— N'aurais-tu pas une petite faim ? dit-il, s'adressant à Marie.

Elle acquiesça. Déjà, elle sortait le panier préparé par sa mère. Une grande fatigue l'enveloppa.

— Pas de feu aujourd'hui, le bois est trop humide, on avisera demain.

Ils avaient traversé Clergoux, Marcillac-la-Croisille, et se trouvaient entre Saint-Merd-de-Lapleau et Laval-sur-Luzège, près de la Dordogne. La rivière portait hommes et gabares. Ils partaient de Spontour, du Chambon, d'Argentat, pour aller vendre leur cargaison à Libourne ou au grand port de Bordeaux.

— Vois-tu, les *roumius*[1], ils font tout le trajet à pied et ne s'arrêtent dans aucune auberge. Si le temps est mauvais sur le parcours, nous, on prendra une chambre. Demain, on remontera vers Bort-les-Orgues, et il nous faudra encore

1. *Le mot patois vient du temps où Rome était le lieu de pèlerinage par excellence.*

une journée pour arriver à Besse. Comment te sens-tu ?

— Je n'ai pas l'habitude de ne rien faire. Alors les nerfs sont tombés, et je me sens fatiguée ! s'exclama-t-elle. Tu as vu ? J'ai dormi durant presque tout le trajet.

Tout en parlant, elle réajustait son bonnet et défroissait sa jupe. Dans un panier, elle avait disposé avec le plus grand soin sa parure pour le pèlerinage. Après une nuit fraîche, ils repartirent, cahotant sur les mauvais chemins. Marie se sentait mieux et écoutait son grand-père qui soliloquait :

— Comme la campagne est belle ! Sais-tu que cette harmonie, cet équilibre, n'est pas que l'œuvre de la nature ? Si, tel l'oiseau, tu pouvais voler, tu verrais le travail accompli par l'homme. Une espèce de maillage composé de forêts, de bocages, de chemins creux, où chaque haie, chaque arbre a été planté dans un but précis.

Marie hocha la tête, regarda autour d'elle. La lumière du petit matin nimbait d'un halo clair le paysage.

— Tu vois cette colline sur ta droite, dit-il, tu dois apercevoir des replats et des murets en pierres sèches qui arrêtent la terre. En montagne, le travail a été encore plus dur et les hommes n'ont pas ménagé leur peine. Ils remontaient la terre dans des hottes attachées sur le dos quand la pluie l'avait fait descendre dans la vallée. Je les ai vus faire.

Prés, clairières et bois défilaient au rythme de Princesse. L'œil vif, elle trottait d'un pas nerveux et régulier, oreilles dressées, consciente d'être investie par son maître d'un devoir important. De temps à autre, elle soufflait fort des naseaux, rejetant une fumée légère qui s'évaporait aussitôt. Ils dépassèrent une forêt. Un chemin de traîneau à bois serpentait sur la colline pour casser la pente trop raide. Les champs fertiles et défrichés sentaient bon la main de l'homme. Le soleil s'était couché sans avoir pu percer la couche de nuages. Elle formait un bouclier si épais qu'il avait abandonné le combat. Le vent courait en maître, soulevant des tourbillons et des paquets de feuilles qui, déjà, annonçaient la mort de l'été.

Le soir, ils arrivèrent à Bort-les-Orgues. La jument avait perdu de sa superbe. Elle boitait. Martial chercha l'atelier du maréchal-ferrant afin de remplacer le fer manquant. Il le trouva rue Font-Grande, le dos courbé sur un sabot.

— Holà ! Il se fait tard, et je vois que vous n'avez pas terminé.

L'autre leva un visage congestionné et sourit malgré le clou coincé entre ses dents.

— Je n'ai pas d'heure ! Qu'y a-t-il pour votre service ? C'est la jument qui fait des siennes ?

— Elle vient de perdre un fer, et comme ma petite-fille et moi nous allons à Vassivière, c'est ennuyeux.

— Je m'en occupe dès que j'ai terminé celui-ci.

Marie observait le travail, admirative. Le maréchal-ferrant, protégé par un tablier de cuir épais, prenait entre ses jambes la patte du cheval, ajustait le fer, plantait les clous d'un coup sec.

— Vous ferrez à l'anglaise ? glissa Martial.

— Oui, c'est plus fatigant, mais j'ai appris cette technique et je m'y tiens.

Tout en parlant, il conduisit le cheval un peu plus loin, lui caressa l'encolure, posa un seau d'eau près de lui.

— Allez, à nous !

Martial lui tendit les rênes qu'il saisit pour amener Princesse à l'intérieur de l'atelier. Une heure après, Marie et son grand-père étaient attablés devant une bonne soupe chaude chez le maréchal-ferrant. Le feu crépitait. Leur hôte y jeta des branches fines. Une gerbe d'étincelles, cuivrant son visage animé, fusa en bouquet dans le large cantou. L'homme avait le verbe haut. Il vivait seul depuis la mort de sa femme et le départ de son fils unique pour Paris, où il était maçon.

— Bien sûr, vous restez coucher. Il y a de la place.

Il s'empara d'une vielle et entreprit de l'accorder. Des sons discordants blessèrent les oreilles de chacun. Martial, l'œil amusé, regarda Marie en grimaçant.

— Té, pardi, avec celle-là, c'est une demi-heure pour l'accorder, et un quart d'heure pour jouer faux.

Il éclata de rire, puis, d'un seul coup, devint sérieux. L'instrument de bois blond, marqueté sur le dessus, présentait une mosaïque de nacre, d'ébène et d'ivoire. Il ressemblait à un violon dont le corps rebondi se serait prêté à l'enfantement. Placés à l'opposé de la manivelle, les chevilliers qui tenaient les cordes se terminaient par des visages de femmes délicatement sculptés. René Breuilh – tel était son nom – expliqua que la qualité du coup de poignet permettait de juger un vielleux. Avec un accent irrésistible qui roulait les « r », il leur fit un cours d'anatomie de l'instrument aux sonorités grinçantes si caractéristiques.

— Les cordes mélodiques s'appellent les chanterelles. Elles se règlent grâce aux touches que vous voyez là, dit-il en montrant le clavier. Elles sont frottées par une roue en bois enduite d'arcanson, vous savez Arcachon…

Non, ils ne savaient pas…

— C'est une ville près de l'océan. Il y a des pins partout. Ils tirent cette résine de la distillation de la térébenthine.

Marie ouvrait de grands yeux. Elle se sentait encore plus perdue et isolée qu'à la maison.

Fatiguée, elle avait du mal à rester droite sur sa chaise.

— Là, ce sont les bourdons et la mouche.

Il montrait quatre cordes d'accompagnement.

Les bourdons, la mouche, Marie n'en voyait nulle part si ce n'était dans ses oreilles et devant ses yeux. Déjà elle n'écoutait plus et, lorsqu'un air joyeux se fit entendre, elle ferma les paupières et bascula vers Martial, qui fumait sa pipe. Il éclata de rire, se leva, prit sa petite-fille dans ses bras et la déposa sur un lit clos à l'édredon moelleux.

— Il faut l'excuser, elle n'a pas l'habitude de voyager et de se coucher tard !

René, amusé, continua de tourner sa manivelle : un tour entier, deux demi-tours, un demi et deux quarts. Cette arithmétique semblait très favorable à Martial, qui scandait la mesure tout en sirotant une eau-de-vie de prune, ma foi, fort respectable.

Besse, accrochée au flanc sud du massif des monts Dore, tenait lieu de gros marché laitier, digne représentant du fromage de Saint-Nectaire. On y échangeait les céréales et goûtait les vins de la plaine. Les paysans se gaussaient de certains. « Quel saute-barrière ! » disaient-ils, se lissant les moustaches, le rire dans les yeux, le gosier soudain enflammé. « Je le sens descendre, direct dans mes doigts de pied ! » s'exclamait un autre, cherchant sa respiration après l'absorption d'une large goulée. Ils remontaient la rue de la Boucherie, déjà un peu ivres, et leurs voix joyeuses ricochaient sur les murs de lave des demeures séculaires. Plus loin, l'église Saint-André lançait sa flèche vers le ciel, fière d'abriter, derrière le maître-autel, la Vierge noire. À la fête de la montée, elle gagnerait, sur les estives, à mille quatre cents mètres d'altitude, la chapelle de Vassivière, son lieu de prédilection.

Jadis, la Sainte Femme avait fait preuve de détermination pour exprimer sa volonté de rester non seulement dans la chapelle, mais aussi près de la source miraculeuse enfermée dans la *chapeloune.* Les Celtes, en leur temps, avaient d'ailleurs dédié un temple à la déesse des rivières et des fontaines : *« Vas iver »… L'Étoile de Sirius…*

Au XVe siècle, un marchand de Besse, passant devant la niche de la Vierge intacte au milieu des ruines, se moqua d'elle et refusa de la saluer comme il était coutume de le faire. Il devint aveugle sur-le-champ et ne recouvra la vue qu'en implorant le pardon de Notre-Dame de Vassivière. Ce miracle fit grand bruit parmi les autochtones. Ils prirent conscience qu'elle devait avoir froid à une telle altitude, et la transportèrent tout penauds à Besse. Transplantée sans qu'on lui ait demandé son avis, elle repartit d'un coup d'aile vers ses ruines. Stupeur de la population ! Une négociation s'engagea, dit-on. La Vierge accepta une nouvelle chapelle, non pour elle bien sûr, puisqu'elle était insensible au froid, mais pour ses ouailles. Elle admit ensuite le principe de l'estive : l'été, elle régnerait sur les herbages, les bergers, les troupeaux et les pèlerins ; l'hiver, elle se réfugierait à Besse, où saint André, si fier de l'accueillir, lui offrirait un asile plus confortable sous des chapiteaux à feuillages variés. La Sainte Femme pourrait ainsi déambuler la nuit dans les stalles du chœur, où les miséricordes sculptées représentaient une grande diversité de corps de métiers. On la soupçonnait, mais avec prudence, de fausser compagnie au saint pour repartir de temps en temps, là-haut, vers le Pavin, exorciser bourrasques et tempêtes, sauver ainsi les imprudents égarés dans la neige, sous le souffle glacé du vent mauvais.

Ainsi, le 2 juillet de chaque année, une procession recueillie et solennelle se formait. Portée par des hommes, couverte de fleurs et accompagnée de cantiques, la Vierge noire se laissait aimer.

Un long serpent humain ondulait sur le sentier. Louis avançait près du violoneux. Se frayant un passage au milieu de la foule recueillie, il tenta de s'approcher. Une jeune fille à la lourde chevelure cuivrée, dans la mouvance de la procession, avait attiré son regard. Vêtue d'une robe blanche à fleurs bleues, un léger fichu de linon clair enserrant les épaules, la tête auréolée d'une coiffe immaculée d'où débordaient les vagues opulentes des mèches rousses qui dansaient telles des flammes, elle marchait. Louis se trouva bientôt à ses côtés, s'abreuva de ce visage dont la seule vue le stupéfia. L'archet courait sur les cordes, les notes jaillissaient, retombaient en pluie musicale sur les pèlerins. Insensible à la curiosité admirative dont elle faisait l'objet, Marie, perdue dans ses pensées, priait... Les mains serrées sur un petit bouquet de fleurs des champs dont les têtes flétries dénonçaient la soif, elle demandait à la bonne Dame de veiller sur son tout-petit, perdu là-bas en Corrèze, un après-midi d'orage, et de le recevoir dans son royaume. Le visage de l'enfant mort lui revint en mémoire. Elle frissonna. Un violon chantait à ses côtés. Levant la tête, elle croisa un regard doré, fixé avec intensité sur elle. Elle détourna son visage, gênée par la force qui émanait du jeune homme. Un lien irrationnel prit naissance dans l'échange de leurs regards. Ce fut bref, mais d'une rare intensité.

La procession avançait lentement. Déjà le soir tombait. Là-bas, le soleil, pour fêter l'événement, allumait un violent incendie sur les crêtes. L'horizon s'embrasa, les flammes orangées léchèrent le dos des monts. Louis, ému, contemplait cette beauté naturelle. Les accents de la musique se fondaient dans la tempête du soleil couchant. Un long moment, l'incendie fit rage, éblouissant les fidèles, qui y voyaient une manifestation festive de la Madone. Peu à peu, les bourrasques incandescentes prirent des tons de mauve, s'alourdirent, moururent, avalées par le bleu-noir de la nuit.

Notre-Dame de Vassivière était arrivée. Chacun s'empressait pour qu'elle retrouve sa place, là, dans sa sainte alvéole. Lorsque ce fut son tour, Marie, pressée par la foule, s'agenouilla un court instant, embrassa les pieds de l'Immaculée, déposa son frêle bouquet déjà fané mais porteur d'espérance. Louis, discret, à demi caché, la regardait et s'imprégnait de cette beauté sereine. Il ne pourrait, quoi qu'il advînt, oublier ce visage. Soudain, il sursauta. Pendue au cou de la jeune fille, une tessère fragmentée qui ressemblait à s'y méprendre à la sienne ! Il voulut en avoir le cœur net. Pressé, il bouscula quelques fidèles et se retrouva aux côtés de Marie. Elle cherchait Martial et tourna la tête vers Louis. Elle aperçut au même instant l'autre moitié de la tessère. Elle se troubla et voulut fuir. Le jeune homme, ému, lui saisit le bras.

— Non, ne partez pas ! Laissez-moi regarder votre pendentif.

Il fit passer la chaîne par-dessus sa tête, prit avec dévotion le bijou sur le corsage de Marie. Les deux parties s'emboîtèrent parfaitement.

Le monogramme du Christ était reconstitué. Bousculés par la foule, ils furent soudain séparés par le clergé qui redescendait. La moitié de tessère de Louis tomba à terre et ce fut la dernière vision que la jeune fille eut de lui, accroupi en train de la chercher. Les torches allumées tremblotaient dans le vent. Louis, serrant le talisman retrouvé contre lui, se haussa sur la pointe de ses pieds pour ne pas perdre de vue la jeune fille. Immobile, elle se laissait heurter, les jambes soudain molles, et serait tombée si Martial ne l'avait appelée en poussant un grand cri de joie.

— Ah ! Te voilà, je te croyais perdue !

Un peu partout, il y avait des carrioles parquées avec leurs chevaux. Des marchands offraient des étalages dénués de piété : mercerie, outillage. D'autres faisaient appel à une gourmandise débridée et proposaient aux pèlerins, parfois affamés par une longue route, des mets chauds et appétissants. Le fumet d'une daube aux carottes faisait oublier aux plus dévots des pèlerins la raison de leur venue ! Mais le sérieux s'accomplissait aussi. Le rosaire d'une main, de l'autre, une petite bougie allumée ou non suivant l'intensité des caprices de l'air, les coiffes blanches, les habits noirs, graves et muets, contournaient par trois fois, rite mystique et immuable, la fontaine sacrée. Les *roumius* représentaient chacun le malade qui ne pouvait se déplacer. Le chapelet à la main, munis très souvent d'un linge maculé par le sang ou le pus provenant de la plaie à guérir, ils traçaient un grand signe de croix sur leur poitrine et buvaient à trois reprises. Puis ils lavaient la partie saine de leur corps, jumelle de la partie atteinte de leur malade, et remplissaient une ou plusieurs fioles de l'eau de la fontaine : ils l'offriraient au grabataire afin qu'elle soigne sa blessure et qu'il soit ainsi purifié.

Marie, toujours décontenancée par sa rencontre avec le jeune homme qui l'avait abordée, s'en voulait de l'avoir perdu de vue. Il lui aurait certainement raconté où et par qui il avait reçu l'autre moitié de la tessère. Il fallait qu'elle le retrouve et qu'elle l'interroge. Elle tenta de chasser ces pensées de sa tête et remarqua parmi la foule des hommes et des femmes revêtus d'une robe violette ou bleue, ceints d'un cordon blanc tressé. Elle interrogea Martial.

— Ce sont les miraculés, ils portent le vœu, comme c'est la coutume.

Un tronc d'arbre creux servait de réceptacle aux pièces de monnaie offertes par les croyants. Malheur à celui qui s'aviserait d'en tâter quelques-unes pour son compte personnel ! Il hériterait *illico* du mal dont souffrait le patient, qui lui, par contre, en serait à jamais guéri. L'eau transparente scintillait, animée par des piécettes porte-bonheur que les pèlerins lançaient lors de leur passage devant la source. Happés par la foule grouillante, Martial et Marie, bon gré mal gré, suivaient le cortège. Des pèlerins avaient quitté leurs sabots. D'autres sortaient de leurs poches ou de leur besace les *munies*[1] qu'ils accrochaient à la grande croix dressée près de la source. Il y en avait en grande quantité qui flottaient ainsi, vite délavés par la pluie, le vent ou le soleil. La foule ne recherchait guère le recueillement en ce lieu : il importait surtout d'avoir accès à l'eau sainte.

Martial avait emporté avec lui une petite carafe. Lorsque arriva enfin son tour, il avait fait preuve d'une grande patience ! Il s'agenouilla et, se penchant vers la fontaine, mouilla ses doigts, fit un large signe de croix sur son front, ses lèvres et son cœur, tout en récitant une courte prière. Puis, d'un geste rapide, il plongea la carafe, qui s'emplit d'eau avec un glouglou caverneux. Marie le regardait faire en admirant sa belle tête grise. Il se redressa, croisa son regard.

— Allez, c'est le moment, on monte au Pavin.

Ils sortirent de la foule et retrouvèrent Princesse occupée à mastiquer des branches de chêne sur le bord du chemin.

— Vois-tu, dit Martial à sa petite-fille tout en essuyant la carafe, une seule goutte de cette eau déposée sur les lèvres d'un mourant lui épargne

---

1. *Linges maculés du sang ou du pus d'une plaie.*

cinq cents ans de purgatoire. Non seulement elle délivre de tous les maux du corps, mais elle purifie aussi l'âme des souillures du péché. Sa transparence a été de tout temps le symbole de la pureté morale, de l'innocence.

Il plaça la précieuse fiole dans une mallette couchée sous le banc et, attelant la belle rétive, reprit les rênes, et ils partirent ballottés par le mauvais chemin vers le lac Pavin.

Têtue, Marie lui confirma qu'elle ne descendrait pas.

— Comme tu voudras, ma fille. Moi, je vais le voir. Rien ne sera de trop pour désenvoûter la famille !

Le sentier, tout en méandres, traversait une belle forêt de résineux. Le ciel d'un gris uniforme éclatait sur le vert des prairies, où broutaient des myriades de moutons et de chèvres. Un bouc noir se détachait du lot. Martial le désigna du menton à Marie.

— As-tu vu ce bouc ? En principe, il représente l'animal impur, diabolique. Il fait partie des nuits sataniques. Mais le noir est le protecteur des troupeaux !

— Pourquoi ?

— À dire vrai, je n'en sais rien. Les légendes se transmettent de génération en génération, et elles perdent une partie de leur signification. Alors, les gens ne cherchent plus à comprendre, ils s'adaptent et font comme les anciens disaient de faire !

— Est-ce encore loin ? demanda-t-elle soucieuse.

Il lui semblait être partie depuis mille ans !

— Non, une demi-lieue encore, et nous y sommes.

Le paysage s'assombrissait. Un vent tiède, embaumé de terre et d'herbe, soufflait du sud. Une perdrix apeurée s'élança devant la carriole dans un grand claquement d'ailes.

— Il me faut un bézoard, dit-il. J'espère qu'il va avoir ça !

Étonnée, Marie lui demanda :

— Qu'est-ce que c'est un be… bi…

Elle hésitait sur la prononciation barbare.

— C'est comme une pierre, mais formée de poils ou de débris végétaux, qui prend naissance dans le corps de certains ruminants. Il agit contre les venins et les maléfices. Ceux du porc-épic et du mouflon sont très recherchés. Ce sorcier-là doit en avoir.

La carriole brinquebalait sur le chemin caillouteux. Enfin, après une montée très raide, ils aperçurent *L'Étoile de Sirius*.

— Hum ! Belle bâtisse ! s'exclama-t-il.

Marie se taisait. Un je-ne-sais-quoi d'irréel la forçait au silence. C'est à ce moment-là qu'Isis, en mal de meute, se mit à hurler. Tête rejetée en arrière, les yeux fermés, le museau relevé, les babines ourlées de noir, retroussées sur des crocs déjà inquiétants, elle clamait sa solitude et son angoisse. Terrifiée, Marie se signa. Martial, incrédule, écoutait le crescendo aigu.

— Mais c'est un loup !

Il descendit de la carriole, réajusta le bord de son chapeau et s'avança vers la porte. Le hurlement se fit plus sourd. Isis gronda alors d'une voix rauque.

Martial frappa trois coups. À part le loup qui s'agitait, personne ne répondit.

— Papé, je veux rentrer, il est tard.

Princesse, intuitive, sentait la présence maudite et tapait du sabot sur la pierraille tout en balançant la queue avec nervosité ; les oreilles en alerte, elle signalait qu'elle désirait aussi quitter les lieux.

Têtu, Martial insistait :

— Holà ! Y a-t-il quelqu'un ?

Le long cri du loup, gardien de l'étrange demeure, lui répondit. Déçu, il regagna la carriole, reprit les rênes et, sans mot dire, fit demi-tour. D'une voix douce, Marie lui dit :

— Papé, à mon avis, l'eau du carafon suffira à nous protéger.

Sur le chemin qui dévalait vers le carrefour, ils croisèrent un jeune homme bardé de gibecières, armé d'un bâton. Martial donna un tour de manivelle et tira sur les rênes. La carriole s'immobilisa.

Marie avait reconnu le propriétaire de la moitié de la tessère. Elle rougit.

— Savez-vous, demanda Martial au promeneur, où je pourrais trouver le sorcier de la maison d'en haut ? J'en viens, et il n'y est pas !

Louis sourit, enveloppa la jeune fille d'un regard chaud et s'exclama :

— Vous l'avez en face de vous !

— Je viens chercher une amulette qui désenvoûtera la famille. On m'a parlé de vous en Corrèze, et surtout de votre pouvoir.

Louis l'écoutait à peine. Il s'imprégnait de la présence de Marie et savait d'instinct ce qu'il éprouverait pour elle. Il pressentait l'innocence, l'immense promesse de ce qu'elle pouvait être, de ce qu'elle serait. Il désirait, de cette jeunesse radieuse, un peu de la jeune fille, un peu de la femme dont il devinait déjà, sous l'apparente timidité, la force.

— Montez, dit Martial, cherchant à faire demi-tour.

Un moment plus tard, Louis, assis aux côtés de Marie, discourait sur le pèlerinage avec Martial. Elle, silencieuse, n'osait l'interroger sur la tessère qu'il portait au cou, bien visible sur sa chemise blanche.

— Vous avez un loup chez vous ? demanda Martial d'une voix prudente.

— Ah ! Isis ? Oui. Je l'ai sauvée d'un piège dans la forêt. Elle a une patte très abîmée. N'ayez aucune crainte, elle ne vous fera aucun mal. Elle est toute jeune et je l'apprivoise.

— Mais qu'avez-vous fait du reste de la meute ? On ne s'en débarrasse pas comme ça !

— Apparemment, après avoir tourné deux nuits autour de la maison, ils ont abandonné l'idée de la récupérer.

— Qu'avez-vous rapporté dans vos gibecières ?

— Oh ! De l'absinthe, de la bourrache, de l'ortie, de la gentiane et bien d'autres herbes. Je soigne beaucoup par les plantes, même si l'on me prête d'autres diableries.

Il rit, jeta un regard en coulisse vers la belle muette. Le pur profil, les yeux baissés, lui fit sauter le cœur. Jamais un tel désir ne l'avait autant possédé. Il sentait sa chaleur, et cette sorte d'intimité, née de cette familiarité étrange, les liait sans qu'ils en prissent conscience.

L'Étoile de Sirius fut bientôt en vue. Princesse peinait dans la montée. Ses oreilles remuaient sans cesse, signe d'inquiétude. Martial l'attacha solidement à un chêne tandis que Louis aidait Marie à descendre. Leurs mains, un court moment jointes, déclenchèrent en eux un émoi. Elle évita de le regarder. Il souffrit un bref instant de cet apparent désintérêt.

Isis grogna derrière la porte. Louis ouvrit un des battants pour se trouver devant un grand désordre. L'animal avait dispersé la litière dans tous les sens, crevé l'édredon à coups de crocs. Des plumes s'envolèrent par paquets lorsque le vent pénétra par l'ouverture. L'écuelle d'eau était renversée, et, plus grave encore, elle avait déchiré son pansement. Sa patte sanguinolente n'était pas belle à voir. Ébahi devant un tel spectacle, Louis restait sur le pas de la porte, oubliant ses hôtes. Marie, derrière lui, malgré sa frayeur, se haussait sur la pointe des pieds pour apercevoir la sauvage.

Après avoir allumé les chandelles, Louis se retourna vers la louvette. Consciente de sa faute, la rebelle recula vers l'âtre sur trois pattes. Il s'approcha, murmura un ordre, la fixant droit dans ses beaux yeux fauves. Elle s'assit, docile, et le laissa remettre un pansement après qu'il eut nettoyé avec beaucoup de soin la blessure. Hypnotisée, Marie observait le ballet de ses mains fines, souples et puissantes, qui révélaient sa sensibilité. Il était jeune, grand, svelte, élégant. Un visage triangulaire, racé, encadré de cheveux bruns tombant sur les épaules, un nez fin et droit, des yeux couleur miel, une bouche aux lèvres épaisses d'une grande sensualité, des pommettes un peu saillantes, un menton volontaire partagé par un léger sillon, un sourire lumineux sur des dents éclatantes qui provoquait le creux d'une fossette sur chaque joue. Sa voix grave, un peu voilée, veloutée, obligea la louve à taire sa combativité. Marie remarqua aussi avec quelle douceur Louis parlait à la bête, qui s'habituait peu à peu à l'odeur de l'homme. Il la caressait avec une telle tendresse qu'elle eut du mal à se libérer d'une vision où, tout entière offerte, il lui prodiguerait les mêmes attentions. Lors du viol, elle avait été à la fois dégoûtée et terrorisée. L'image sale, violente et humiliante de l'acte habitait sans cesse sa mémoire. Pour la première fois, elle regardait un homme sans penser au mal, mais au bien qu'il pourrait lui faire. Était-elle sur la voie de la guérison ?

Martial, le chapeau entre les mains, étranger au loup et à l'atmosphère, inspectait les lieux.

— C'est une belle demeure que vous avez là, dit-il. Ça sent le compagnon du Devoir !

— Oui, c'est vrai. Mon grand-père m'a laissé pas mal d'indications prouvant qu'une armée de compagnons de toutes disciplines l'a construite.

— J'en suis aussi mais côté bois !

Chacun de leurs pas soulevait des plumes qui voletaient, entouraient leurs chevilles. La louve, redevenue paisible, les observait. Louis s'excusa, prit un balai et entreprit de faire un tas sans y parvenir. Marie souriait et lui proposa de l'aider. En fait, avec les mains humides, le ramassage allait plus vite. Ils se trouvaient gauches tous les deux, sous les yeux un peu goguenards du papé, qui, lui, savait qu'ils pénétraient dans l'univers de l'amour.

Lorsque Louis eut terminé, il regarda Marie et sa chevelure flamboyante et lui demanda d'où elle tenait le bijou qui pendait à son cou.

— C'est le colporteur Géraud qui me l'a offert. Il m'a dit qu'il venait de sa mère qui était vénitienne et que c'était un Français du nom de Martin qui le lui avait offert.

— Martin ! répéta Louis, abasourdi. Mademoiselle, Martin c'est mon père et nous vivions à Venise dont nous sommes partis pour venir ici. Mais qui est cette femme ?

— Géraud m'a dit que votre papa en était très amoureux.

Louis secoua la tête. Non, il ne voyait pas. Il cherchait désespérément qui pouvait bien être celle qui portait la moitié de la tessère. Jeune, il ne faisait guère attention à ce que son père faisait une fois sorti de la lutherie. Quelques bribes de souvenirs lui revinrent.

— Ah ! Je crois savoir. Je pense que c'était une violoniste qui lui apportait souvent son violon à réparer. J'avais même dit à mon père qu'elle ne devait pas être très douée pour le désaccorder si souvent. Un jour, la porte était entrebâillée et je les ai vus s'embrasser. Il s'absentait souvent, sans doute pour la retrouver.

Martial, soudain alerté, apprit ainsi que Louis possédait l'autre moitié de la tessère.

— Il n'y a pas de hasard, s'écria-t-il, interloqué, vous deviez vous rencontrer. Il faudrait que vous et Géraud vous puissiez vous voir. Il vous en dira plus sur cette étonnante histoire. N'y a-t-il pas du merveilleux là-dedans ?

— Papé, dit Marie encore sous le choc, Géraud passe une fois l'an. Il faudra lui raconter cette rencontre. Je le connais assez pour savoir qu'il sera fou de joie de retrouver quelqu'un qui lui parle de Venise et du reste.

Elle dit « le reste » en rougissant. Elle savait ce qu'amour signifiait.

Marie, qui n'avait certes pas une âme de coquette, se sentit soudain plus chaude, plus vivante, oubliant le souvenir de l'horreur, là-bas vers Cornil. Elle osa regarder subrepticement dans l'échancrure de la chemise la peau dorée, s'attacha au duvet de la joue, que la danse mouvante des flammes faisait apparaître, et aux fossettes qui marquaient un creux au plus léger sourire. Ses pensées n'étaient plus que trouble et étonnement. Que lui arrivait-il ?

La pièce retrouva un semblant d'ordre. Louis souhaitait retenir le plus possible ses hôtes. Il les pria de s'installer à la grande table et leur offrit le couvert. Martial secoua la tête.

— Non, non, merci. Nous avons beaucoup de route à faire. Nous devons rentrer, car la famille nous attend et va s'inquiéter.

Puis il raconta la mort d'Antoine et les soupçons qu'il entretenait sur un éventuel envoûtement. Louis pria le vieil homme de s'asseoir, lui demanda son prénom. Il imposa ses mains sur la tête et le cœur de Martial, tout en invoquant Dieu à voix basse :

— Viens à mon aide, délivre-le, Seigneur ! Je t'exorcise, toi Martial, afin que tu redeviennes un homme pur, que partent et s'éloignent de toi les démons qui t'habitent.

Puis Louis, saisissant une poignée de sel, en aspergea Martial, lui en mit quelques grains sur les lèvres en disant :

— Retrouve la paix. Amen.

Marie, immobile, regardait. Non pas le spectacle que lui offraient son grand-père et l'exorciste. Mais Louis. Sa beauté virile la troublait. Ce n'étaient pas seulement les traits fins de son visage qui provoquaient en elle ce tumulte intérieur, c'était aussi un geste, une façon de pencher la tête, de rejeter ses cheveux en arrière d'un souple mouvement de main. Et puis l'intensité de ce regard doré qui acceptait déjà l'inéluctable, alors que l'attitude extérieure continuait à vouloir l'ignorer. Depuis son drame, elle se sentait vulnérable. Cette forte présence l'attirait et lui donnait envie d'être protégée, lavée de l'ignominie dont elle avait été victime. Était-ce cela le désir ?

Martial se releva de son siège. Louis secoua la tête et lui dit :

— Je ne pense pas que vous ayez été envoûté. Les démons ne se sont pas manifestés pendant l'exorcisme. Servez-vous de l'eau de la source sainte pour asperger les recoins de votre maison et de l'étable.

Il ouvrit une aumônière de velours noir pendue à sa ceinture, répandit son contenu sur la table.

— Vous êtes venu pour un bézoard. Mais j'ai autre chose à vous montrer. Choisissez, dit-il en écartant les amulettes.

Des pierres multicolores jetaient leurs feux dans tous les sens.

— Mon grand-père raconte, dans le grimoire qu'il m'a légué, que chaque pierre est un fragment d'éternité, symbole de la permanence, qui s'oppose au végétal soumis au cycle de la renaissance. Elles seraient des larmes d'étoiles.

Il saisit une superbe émeraude, la regarda en transparence.

— Celle-ci est tombée dans la mer, en a gardé la couleur. Elle conserve sur terre la vie intérieure qui l'animait dans le ciel… puis dans l'océan.

Martial n'était plus si sûr de choisir un bézoard, qui tranchait de sa masse sombre et triste sur la rutilance des pierres précieuses.

Louis posait son doigt sur chacune et indiquait sa propriété :

— Voici l'agate ; celle-là, transparente, veinée de rouge, porte, incrustée en elle, la trace du sang des dieux. Elle éloigne le mauvais œil. Cette verte empêche la douleur. La rouge apporte amour et amitié.

Relevant la tête, il croisa le regard de Marie, qui, soudain cramoisie, baissa le sien. Le trouble qu'elle ressentait n'était-il pas la naissance du désir ? Cette présence générait en elle une tension forte et soutenue, issue de sa sensibilité, dont elle avait honte depuis le viol de son corps.

Louis déclina les vertus du jade, de l'améthyste, du corail, du diamant, de l'ambre, de l'émeraude et du grenat. Martial l'arrêta soudain :

— Je souhaite emporter celle-ci.

Il montrait une grosse pierre jaune, translucide et dorée, dont Louis venait de vanter les nombreuses qualités. Douée de pouvoirs, l'ambre concentrait l'énergie permettant à son propriétaire de trouver calme et sérénité. Elle le protégerait des effets nocifs de l'eau et du feu, et éloignerait de lui les mauvais esprits. Martial sortit de sa chemise des billets pliés avec soin. Il paya le prix de son achat, sinon la pierre perdrait toutes ses facultés.

Louis se tourna alors vers Marie, fit passer de nouveau la moitié de la tessère par-dessus sa tête, s'approcha d'elle tout en ne la quittant pas du regard, et lui mit la chaîne autour du cou. Gênée par son geste, confuse, elle rougit et le remercia.

— Avec ça, vous serez protégée toute votre vie. Il ne vous arrivera que des événements heureux. Mais que vous a dit le colporteur lorsqu'il vous l'a offerte ?

— Qu'il l'avait eue de sa mère à Venise.

Louis sembla réfléchir.

— Il faudra qu'un jour j'aille en Italie. Sans doute en interrogeant les uns et les autres apprendrai-je le secret de la tessère. Notre surprenante rencontre a été guidée par un esprit qui voulait que nous nous trouvions mais j'ignore qui ou alors…

Quelques lignes de la confession de Léonard lui revinrent en mémoire. Léonard avait donné la tessère à son fils Martin et ne l'avait jamais revu. Qu'était-il devenu ? Son petit-fils, Louis, avait été élevé par son père. Mais à quel moment l'enfant avait-il passé les Alpes et avec qui ?

Le mystère restait entier. Martial ne voulut pas l'interroger plus afin de ne pas le gêner.

— Vous ne pouvez pas partir sans dîner, allez, juste une soupe, plaida le jeune homme.

Martial croisa le regard de sa petite-fille : il était éloquent. À n'en point douter, elle désirait rester.

Sans attendre la réponse, Louis ramassa les pierres de bonheur, puis vida pêle-mêle le contenu de sa gibecière sur la grande table. Il choisit de l'oseille, du pourpier, de l'ortie royale et de la mauve, et se dirigea vers la cuisine. Marie, intéressée, le regardait s'affairer.

Martial, planté devant le feu qui se mourait, ne put s'empêcher de tisonner les braises.

— Je vous rajoute quelques bûches, puisque nous restons pour le dîner, s'écria-t-il.

Après tout, pourquoi pas ? La fatigue se faisait sentir et aiguisait l'appétit.

Louis revint de la cuisine après avoir lavé les herbes. Devant Marie, il saisit une écuelle et les cisela. Puis il déposa des morceaux de poulet au fond d'une cocotte en fonte, et y jeta le mélange odorant, sala avant de mettre le couvercle. Une bonne odeur flotta dans la pièce.

— Puis-je vous aider ? demanda timidement Marie, qui n'avait pas l'habitude de voir cuisiner un homme.

— Non, non, merci, répondit-il, l'enveloppant du même regard admiratif. Les assiettes, les bols et les cuillères sont là, vous pouvez mettre le couvert, ajouta-t-il en désignant le meuble à gauche de l'âtre.

Martial bourrait sa pipe d'un air songeur. Louis pela des pommes de terre, qu'il coupa en dés grossiers, souleva le couvercle et les ajouta au reste.

Isis surveillait du coin de l'œil les nouveaux arrivants. Elle balayait le sol de sa queue, remuait son bout de truffe noire, bougeait les oreilles. Malgré les signes révélateurs d'une vague inquiétude, elle semblait assez confiante.

Tandis que Marie mettait la table, Louis prépara des croûtons de pain qu'il ailla. La soupe répandait déjà d'agréables effluves. Ils n'osaient se regarder. Martial chantonnait une vieille comptine, la pipe entre les dents. Même si un peu de gêne persistait, un étrange air de bonheur flottait dans la pièce, créant une sorte d'intimité familiale.

— Je sors des pommes pour le dessert. Si vous en désirez, je peux en faire cuire quelques-unes.

— Si vous voulez, le grand air m'a creusé, répondit Martial en souriant.

Il saisit le cuit-pommes près de l'âtre et le tendit à son hôte. Louis déposa quatre beaux fruits jaunes marbrés de rouge, les sucra et les approcha du feu.

Marie enleva sa coiffe dont les pans la gênaient. Elle secoua la tête. Des mèches s'échappèrent, libérées du bonnet. Il eut une envie irrépressible d'enrouler sur son doigt les flammes rousses. Ébloui, le jeune homme regardait la chevelure cuivrée croulant en masse sur ses épaules. Il lui tendit une chaise.

— Asseyez-vous près du feu, c'est presque prêt.

Il prit une miche de pain, fit un signe de croix, et l'entailla.

— Té, vous le sorcier, vous faites la croix, comme c'est curieux ! s'exclama le vieil homme.

— Vous savez bien que c'est la coutume, et qu'ici, comme partout, on implore les dieux et les démons. La plupart de mes prières invoquent les deux, et ça marche ! Et puis le pain, c'est sacré ! J'ajoute, et j'y tiens, que je ne suis pas sorcier mais guérisseur.

Levant les yeux, Louis croisa le regard de Marie. Regard qui coula sur lui comme une tiède averse de printemps. Il se dégageait d'elle de subtiles fragrances de fleurs des champs et de la forêt.

Une délicieuse odeur de pommes caramélisées montait de la pelle en argile placée devant les braises. Louis se pencha, saisit une cuillère, les retourna. Il souleva le couvercle de la soupe frémissante, y jeta le pain aillé auparavant dans le *galetou* chaud pour le faire dorer et déposa sur la table une carafe pleine d'un liquide blond. Se tournant vers ses hôtes, il crut bon d'expliquer que cette macération de plantes apportait vigueur et soleil dans la tête et le corps.

— Allez, c'est prêt, on peut passer à table.

Ils savourèrent en silence la soupe au goût délicat. La pointe d'acidité de l'oseille relevait le succulent pourpier. La mauve et l'amarante se mariaient avec bonheur à la piquante ortie royale.

— Je n'avais jamais goûté cela, dit Martial. Petite, tu retiens la recette pour ta mère ! Nous, en Corrèze, on met du chou, du lard et du pain en tranches.

— Mais, en Auvergne aussi ! s'exclama Louis. N'oubliez pas que je connais les plantes et, ajouta-t-il, malicieux, que je vis seul. Je n'ai pas toujours du chou ou du lard sous la main. Alors je me contente de préparer ce que j'ai pêché ou ramassé dans la journée.

Le jeune homme se leva, saisit sur le buffet un gros morceau de fromage offert par Marthe Lascaux, la fermière du puy de Montchal. Louis aurait voulu arrêter le temps sous la lumière douce des bougies. La jeune fille était si belle, si troublante. Il lui tendit du pain.

— Si vous voulez, vous pouvez rester coucher, il est tard. Vous n'allez pas pouvoir aller bien loin. La lune est haute et éclaire loin, mais votre jument ne doit pas aimer se tordre les pattes dans les ornières !

Les deux hommes semblaient avoir oublié Marie. Leur conversation, qu'elle n'écoutait pas, n'était qu'un bourdonnement lointain. Elle fermait les yeux, ivre de fatigue, ne pouvant s'empêcher de jeter parfois un rapide coup d'œil vers Louis. Qu'il était beau ! À la fois réel et inaccessible. La lumière conjuguée de l'âtre et des chandelles modelait ses traits, soulignait parfois, au hasard d'un sourire, le creux des fossettes enfantines.

Marie se leva, saisit les assiettes vides. Louis l'arrêta d'un geste ferme. Le contact de sa main sur son poignet la déstabilisa un court instant.

— Ah non ! Vous n'êtes pas ici pour débarrasser la table !

Elle sourit, dégagea son bras. Les flammes vacillantes des bougies faisaient ressortir un halo de petits cheveux dansant autour du visage.

— Je m'endors, il faut que je bouge, ça va m'occuper !

Martial observait les jeunes gens.

— Nous allons partir, car la route est longue. Nous coucherons où nous pourrons, dit-il.

— Mais ce n'est pas sérieux, s'exclama Louis, regardez !

Il s'était déplacé vers la porte, l'ouvrit en grand. Il faisait maintenant nuit noire. Il voulait la garder sous son toit, ne serait-ce qu'une nuit, savoir qu'elle serait là, à sa portée, sans qu'il puisse assouvir son désir fou de caresser, ne serait-ce qu'un instant, la lumineuse chevelure, de passer un doigt tendre le long du modelé de cet ovale si pur, d'écouter son souffle d'endormie… Il brûla dans l'instant, pris par cette vision.

La lune, maintenant à demi cachée par les nuages, n'éclairait que par intermittence le paysage. On ne distinguait le sentier qu'en pointillés.

Là-haut, un grand-duc, ailes largement déployées, planait. Porté par le vent, il glissait, remontait, se jouant de l'attraction terrestre avec virtuosité. Princesse hennit tandis que Martial la dételait, lui offrit sa pitance et un grand seau d'eau qu'elle but avec force bruit. La charrette, les bras à terre, bâche fermée, avait l'air d'un gros animal endormi.

— Il ne faut pas la laisser dehors. Ici, les loups sont partout. Amenez-la derrière, j'ai un appentis où elle va dormir.

La porte de la grange fut solidement fermée et ils regagnèrent le logis. S'adressant à la jeune fille, Louis lui indiqua la petite chambre du pigeonnier, très étroite, mais où elle pourrait dormir, réveillée au petit matin par les trilles doux des oiseaux. Émus, ils se regardèrent en se souhaitant une bonne nuit. Martial et lui partageraient l'imposant lit clos.

Les yeux ouverts dans l'obscurité, le corps à vif, Louis s'interrogea sur cette violence qui l'animait depuis l'après-midi où la rutilance d'une chevelure l'avait ensorcelé. À ses côtés, Martial dormait. Marie, là-haut, inondée d'éclats de lune, dérivait dans le courant souple des hautes eaux du sommeil.

Le lendemain, ils se quittèrent avec la certitude intérieure que cette séparation n'était qu'une étape. Le voyage du retour s'effectua sans relais, mais dura un jour de plus qu'à l'aller, Princesse étant fatiguée. Marie répondait par monosyllabes à son grand-père, réfugiée tout entière dans le flou bienheureux de cette rencontre. Elle caressait la tessère, gage de bonheur, avait-il dit avec cet inoubliable regard qui l'avait fait exister plus fort. Quand on a connu une telle intensité, même brève, comment s'en passer ? Marie sentait confusément qu'elle était née sous les yeux de Louis. Elle ne supporterait pas que cette flamme s'éteigne, ni d'être rejetée dans l'inexistence d'hier. Grâce à lui, elle était plus forte, plus sûre d'elle, elle prenait du recul face au drame dont elle avait été victime. Ce Louis, surgi à l'improviste, sorti de la masse humaine que représentait le pèlerinage, ne devait en aucun cas retomber dans l'anonymat et l'oubli.

Souvent, elle s'était dit que l'amour prenait racine dans la passion, l'intensité des émotions. Au contact de Louis, elle révisait son jugement. L'amour vrai se devait d'être paisible, humble. Il n'attisait pas l'envie mais l'apaisait. Quoi de plus beau, de plus pur, que deux âmes échangeant des confidences, vivant au même rythme ? Tout lui semblait différent et se résumait à un seul prénom : Louis. Elle n'aurait jamais osé le lui demander si, déjà dans la carriole, retenant sa main plus longuement qu'il ne sied, il ne lui avait dit d'une voix qui se voulait neutre :

— Quel est votre nom ?

Interrogation sibylline qui entraînait la déclinaison de l'identité.

— Marie Darfeuille.

— Louis Solignac.

Elle avait tressailli, retiré sa main avec vivacité. Le visage mort du nouveau-né, à qui elle avait donné le même prénom en le mettant en terre, lui mordit le cœur. « Il n'y a pas de hasard », avait coutume de dire papé. Ce devait être vrai. Louis, surpris par sa réaction, n'avait pas insisté. Ils s'étaient regardés un bref instant, comme si chacun voulait saisir et emporter dans ses yeux l'image de l'autre.

— Intéressant ce garçon, déclara papé après les adieux.

De retour à Cornil, Marie passait de l'exaltation la plus folle à l'abattement le plus sombre. Elle se rapprochait de Martial, car lui connaissait Louis. Le grand-père, amusé, avait compris le manège et la taquinait gentiment.

— Alors ! Alors ! Le pèlerinage et la source, oui, le sorcier, non…

Et il riait à gorge déployée tandis qu'elle le poursuivait et martelait de ses petits poings l'auguste poitrine. Ce matin-là, assise à la table de la cuisine, le regard absent, elle triait des pêches : d'un côté les tavelées, de l'autre les fruits intacts. Dérisoire occupation alors qu'à vingt lieues à vol d'oiseau se trouvait Louis… Sa silhouette longiligne, ses mains fines et expertes, et ce visage… Elle laissa tomber par inadvertance une belle pêche dodue qui éclata sur le sol.

— Mais cesse de rêvasser ! s'exclama Camille mécontente, écoute un peu ce que je te demande : sépare les jaunes des blanches.

— Mais, maman, les jaunes ne sont pas mûres, plaida Marie. Elles sont acides, alors que les blanches sont juteuses et fondent sous la langue.

— C'est certain, mais je peux garder les unes et pas les autres.

La jeune fille baissa la tête et continua son tri. « Voilà bien ce qui m'éloigne de maman, songea-t-elle. Moi, je préfère déguster ce qui est bon maintenant, tandis qu'elle aime les choses qui durent et se bonifient avec le temps ! Mais toutes les mères du monde n'ont-elles pas, avant tout, une âme de fourmi ? » Elle s'évada de ces banalités de cuisine ne vivant plus que dans l'attente sourde et tenace, qui se muait soudain en battements de cœur fous et désordonnés. Ses jambes ne lui obéissaient plus lorsqu'elle apercevait une silhouette brune au fond de l'allée. L'espoir s'insinuait en elle, enflait, la possédait tout entière, espoir qui retombait et la maintenait dans une étrange douleur où, jour après jour, elle s'enlisait, émiettant cette joie immense qui était sienne depuis leur rencontre. Cet épuisant va-et-vient de sentiments contradictoires, de houle insatisfaite chaque soir déçue, chaque matin ranimée, était devenu, malgré elle, le rythme de sa vie. Se confier à Martial ? Saurait-il alors lui apporter l'apaisement dont elle ressentait si fort le besoin ? Irait-elle consulter Rémi le sorcier ? Sa patience, tendue comme la corde d'un arc, à l'extrême limite de la cassure, devenait une souffrance si aiguë qu'elle était à bout de résistance. Et pourtant, s'il la savait impure, Louis la rejetterait peut-être, avec, dans le regard, un mépris dur comme du granit, qui pèserait sur le reste de sa vie comme une pierre tombale. Cependant, elle revoyait l'image fugace du jeune homme écartant une mèche rebelle tombée sur le front, chemise ouverte, ses lèvres plus faites pour le baiser que pour délivrer des incantations de sorcellerie. Elle se cabrait alors et trouvait de multiples bonnes raisons pour l'évacuer de son esprit. Non, elle ne pouvait être attirée par un sorcier. Ce n'était pas convenable ! Il avait beau dire, Louis n'était pas comme tout le monde. Que diraient son père et sa mère ? Ils seraient offensés, atterrés. Ils ne l'avaient pas mise au monde pour le seul profit d'un homme apparenté au soufre ! Peut-être le destin, après sa souillure, avait-il manigancé cette rencontre qu'après tout elle méritait ! Avec les forces obscures, allez donc savoir !

Désert de la nuit entrecoupé de bruits d'animaux qui rêvent. Heures d'éveil où la douleur de l'absence est si forte qu'elle noue le corps entier, exacerbe des ondes de désir voué à l'échec. Marie, essoufflée, se dressait dans son lit, refusait l'invasion, repoussait, farouche, le flux de souvenirs. Il l'avait envoûtée ! Elle était à sa merci. Ce besoin de lui devenait si fort qu'elle pleurait de rage en silence. Ses larmes roulaient le long de ses joues comme des pierres de lune argentées. Dehors, la nuit palpitait. Où était-il ? Que faisait-il ? Hors de sa portée, Louis prenait une étrange dimension, dilatait le temps, la forçait, elle si calme, à la démesure. Le sommeil la prenait alors au petit matin, exsangue, exténuée par cette lutte contre elle-même. Elle le haïssait. Matthieu la priait d'arrêter de bouger et de soupirer, elle l'empêchait de dormir.

Au lever, Marie provoquait alors le travail, cherchait l'oubli dans l'usure. Surtout, ne plus penser. S'étourdir dans les tâches les plus dures. S'affaler le soir sur le lit, le corps rompu, épuisée, au bout d'elle-même. Éviter ainsi la redoutable insomnie où elle retricotait sans cesse vingt-quatre heures de sa vie… La lessive la distrairait peut-être de ses pensées obsédantes. Elle persuada sa mère de la laisser faire.

— Matthieu et moi, c'est suffisant. Papé est là pour nous donner un coup de main, juste pour bouger le tonneau. Tu peux partir aux champs avec papa ou monter à Gauthier ses provisions.

Éberluée, Camille écoutait sa fille. Elle la trouvait nerveuse, bizarre. Ce comportement inhabituel l'intriguait. Malgré tout, elle se laissa faire et opta pour Gauthier à qui elle apporterait un gilet qu'elle venait de terminer et d'autres sabots.

Marie s'affairait, ses gestes brassaient l'air. Elle cherchait à oublier cet homme qui, sans répit, lui taraudait le cœur.

Elle cria :

— Aide-moi, Matthieu ! Tiens, mets-toi là, non, pas là ! dit-elle, soudain agressive, en lui montrant le côté gauche de l'importante cuve montée sur un trépied. Quand je te le dirai, tu pousseras très fort pour la faire basculer en avant, attention à tes pieds.

Ils joignirent leurs forces. La lourde cuve chavira vers l'avant, roula jusqu'à l'âtre où chauffait un énorme chaudron rempli d'eau.

Le visage cramoisi, Marie releva une mèche qui la gênait, la coinça sous son bonnet. Comment expliquer qu'une seule rencontre ait suffi pour qu'elle éprouve pour un homme autre chose que de l'indifférence ? Martial, accroupi, fourrageait dans le cendrier avec un grand tisonnier. Matthieu, un tamis à la main, secouait doucement les scories froides du feu de la veille sur un grand linge étendu sur la table. La poussière voltigeait, se déposait un peu partout. Peu à peu, le volume s'épaissit, devint de la poudre délavée, composée d'essences riches en sels minéraux, tel le hêtre, et ne comportant ni aulnes ni saules, pauvres en soude et en potasse. Le bois de châtaignier était banni, car il colorait le linge en jaune.

Pendant cette préparation, Marie, aidée de son grand-père, avait remis debout le fourneau prêt à jouer son rôle de lessiveuse. Juché sur un escabeau, le corps penché en avant, à demi enfoui dans la cuve, Matthieu étalait une botte de paille qui servirait de passoire à l'eau quand elle aurait traversé la pile de linge, avant de s'écouler par l'ouverture pratiquée à cet effet dans une bassine placée sous le cuveau.

Martial, perché en haut d'un tas de linge impressionnant, saisit un premier drap. Marie comptait sur ses doigts.

— Quatre draps du notaire, huit draps pour nous, douze chemises et les torchons.

Elle saisit alors le premier drap, monta à son tour sur l'échelette, s'inclina et le déposa au fond en l'étalant avec soin. Elle fit de même pour tout le reste du linge. Si ses mains étaient occupées, sa pensée l'était aussi. Omniprésent, Louis s'insinuait dans les plis des draps, dans l'eau chaude qu'elle déversait à petits coups sur le linge, dans l'odeur même de la lessive. Cette obsession lui clouait le cœur. Ne serait-ce pas cet élixir doré, qui avait accompagné leur dîner, là-bas, dans cette étrange demeure perdue au fond des bois, qui la rendait si faible ?

Elle n'aurait jamais dû le boire. Il l'avait ensorcelée.

— Matthieu, passe-moi les cendres, c'est le moment.

Tout en parlant, elle étendit un linge sur lequel elle déposa une couche épaisse de poudre tamisée, y mélangeant des feuilles d'ortie pour donner de l'éclat au lavage. La poudre était douce sous ses mains et exhalait encore, malgré le tamisage, l'odeur âcre de feu éteint. Le visage de Louis, sa silhouette, son rire... Elle secoua la tête. Cette attirance insidieuse l'avait envahie par surprise. Elle aimait. Cette réalité la grisait et l'épouvantait à la fois. Était-il possible que rien n'arrivât jamais, qu'une telle force restât retenue en eux, sans les précipiter l'un vers l'autre, mêlés, enfin confondus ?

— Papé, c'est à toi pour l'eau.

Le vieil homme, respirant à grand bruit, saisit avec peine le chaudron, qu'il déposa sur le haut de la dernière marche. Munie d'une grande casserole, Marie la plongea dans le liquide bouillant et arrosa avec précaution les cendres jusqu'à ce qu'il n'y eût plus d'eau. Entre-temps, Martial avait de nouveau rempli un autre chaudron et activait le feu avec un grand soufflet en peau de chèvre. Matthieu lui passait des bûches pour entretenir la fournaise. L'eau dans la lessiveuse se frayait un chemin à travers les méandres du linge, un peu à la façon des sources souterraines en montagne qui, silencieuses, ressortent au grand jour après un mystérieux parcours. Un léger clapotis de bulles agitait la surface, un filet gris s'égouttait dans la bassine, l'air remontait des tréfonds du baquet.

— Ça y est, l'eau a fait un tour. Il faut que tu en rajoutes, lui dit le grand-père. Est-elle assez chaude ?

Marie trempa rapidement un doigt dans l'eau.

— C'est bon, papé, peux-tu remettre le chaudron sur l'escabeau ?

Elle recommença l'opération avec la même prudence. Si l'eau était trop chaude, l'acidité des cendres risquait de faire des trous dans le linge. Sa responsabilité était grande, mais sa mère lui avait transmis la recette qu'elle tenait elle-même de sa grand-mère, couleuse de métier. Le tour de main passait ainsi de maison en maison. Martial ouvrit la porte en grand, car la buée commençait à envahir la pièce. Des relents fades se dégageaient du tonneau.

Vers 5 heures du soir, l'eau qui s'écoulait dans la bassine, sous le cuveau, était devenue claire ;

l'agitation cessa. Muni d'une grande brouette astiquée pour l'occasion, Martial, perché sur l'escabeau, entreprit de passer les draps à Marie.

— Tords-les pour qu'ils s'égouttent bien, lui conseilla-t-elle.

Elle empila avec soin draps et chemises dans le cabrouet. Elle irait demain au lavoir pour rincer le linge et l'étendre sur le pré s'il faisait beau.

— Tu as l'air fatiguée, qu'est-ce qui ne va pas ? lui demanda Martial.

Elle ne répondit pas. Elle ne pouvait avouer qu'elle s'angoissait à la tombée de la nuit. Le soir, éveillée, elle retrouverait, intacte et implacable, la torture des souvenirs où le nouveau-né et Antoine tenaient toute la place. Ils pouvaient d'un seul geste la sauver ou la briser. Capable de souffrir sans crier grâce, sans implorer qui que ce soit, elle ne céderait ni à Roland Marty, le voisin plein d'ardeur, ni à d'autres prétendants.

V

La vigne maudite

DRESSÉE sur les pattes postérieures, une marmotte poussait de petits cris aigus et ne quittait pas des yeux son terrier. Cette posture d'alerte, peu discrète, permettait à ses rejetons turbulents de réintégrer le havre de paix sans trop de problèmes. Le danger se précisant, en l'occurrence Louis qui descendait à Besse, elle chuintait, affolée, protégeant ses petits, fuite ponctuée de sifflements brefs et stridents. Au loin, les dos bombés des volcans ressemblaient à s'y méprendre à des pachydermes endormis. Le long du sentier, un sorbier allumait des feux encore vifs sur les feuillages. Louis, toujours bardé de son lot de gibecières, avait rendez-vous avec Marcel Treuil, tonnelier de son état. Il devait s'arrêter en chemin chez Gaston Boisserie, merrandier fort apprécié qui, dans sa cabane forestière, débitait les chênes en douelles.

Le visage de Marie dansait sans cesse devant ses yeux. Cette vision déclenchait en lui un manque si puissant que, pour la première fois depuis la mort de son père, il était malheureux. Il n'avait accordé aux jeunes filles qu'un intérêt poli, ne dédaignant pas leur beauté, mais sans jamais s'attacher. « Stupide, je suis stupide, fulminait-il tout en marchant. Je ne sais même pas où elle habite ! Comment la retrouver ? Son grand-père a parlé de Brive. Mais c'est bien peu… Cette jeune fille est l'aboutissement de mon rêve, je sais que c'est elle avec qui je veux vivre. »

Il essayait en vain de se souvenir d'un indice qui lui permettrait d'aboutir dans sa recherche. Car il lui fallait, pour son équilibre, la rejoindre, lui parler, se taire, la contempler, avec, dans le regard, cette flamme fébrile qu'elle avait fait lever en toute innocence ! Il atteignit la clairière où se dressait la loge de Gaston, qui depuis l'aube était au travail. Grand, torse nu, une peau cuivrée par le bel été, des bras musclés, animés par de larges mains laborieuses, un sourire illuminant un visage ingrat, il sciait des grumes épaisses dont la longueur correspondait aux douelles commandées par le tonnelier. Car c'était à lui qu'incombait la préparation du bois pour la fabrication des barriques.

— Hé ! Comment va ?

— Bien, bien, répondit Louis, qui, au fond de lui-même, n'en était pas si sûr.

— Si tu descends à Besse, dis au Marcel que sa commande est prête. J'aurai fini ce soir. Tu veux boire un coup ?

Louis acquiesça, ravi de rompre cet agacement dû à l'absence de Marie.

Gaston lui servit un verre de vin râpeux à souhait et lui tendit une large tranche de pain avec du saucisson et des graillons.

— Tiens, goûte-moi ça, tu m'en diras des nouvelles ! C'est la *payse* qui l'a fait. Ne te vexe pas si je ne t'accompagne pas, je ne peux pas prendre de retard.

Il s'affairait, débitant à l'aide d'une hache les billes de bois. Louis le regardait faire, mâchant le pain et la succulente charcuterie. Il reprit son souffle et, un pied sur le billot, le merrandier demanda :

— C'est-y vrai que tu vis avec un loup ?

Louis reposa son verre, s'essuya la bouche d'un revers de main, hocha la tête.

— Oui ! C'est une belle bête que je soigne. Elle va déjà mieux, et bientôt elle m'accompagnera dans mes sorties.

— T'es bien un sorcier ! Ça ne me viendrait pas à l'idée d'adopter un leu ! Tu n'as pas peur qu'elle te bouffe pendant ton sommeil ! s'exclama-t-il en riant.

— Je l'ai enclavée. Je ne risque rien, et puis c'est un bébé loup. J'en fais mon affaire.

— Les gens au village, ils ont peur de toi, enfin, plutôt du loup ! Ou bien des deux !

Gaston éclata de rire, rire rocailleux et puissant qui se répercuta jusqu'à la cime des arbres.

Louis haussa les épaules.

— Tu sais bien que je soigne surtout par les plantes.

— Ouais. Mais ton grand-père, il disait des messes noires. Tout le monde le sait en bas. Il sacrifiait des boucs sur un autel… et il est mort empoisonné.

Têtu et agacé, Louis répliqua :

— Mon grand-père, c'était mon grand-père. Je ne l'ai pas connu. Il faisait ce qu'il voulait, moi, c'est autre chose !

Gaston ne répondit pas et saisit un coutre afin d'élaguer les planches. Louis se leva, lui serra la main.

— À bientôt et merci. Le pâté était fort bon. Je fais la commission à Marcel.

— Tu m'en veux pas, petit ?

Un léger sourire éclaira le visage du jeune homme.

— Mais non ! La preuve, je repasse demain. Avec le loup !

— Tout de même ! Tout de même ! maugréa le fendeur de merrain, ne sachant plus ce qu'il voulait dire.

Il préférait être seul, car le travail qui l'attendait était une besogne minutieuse où la distraction n'était point de mise : une seule étourderie pouvait lui coûter un ou deux doigts. En effet, Gaston, après avoir mis de côté le bois pourri, écarté les fibres suintantes de sève, dégagé un beau merrain qui sécréterait en temps voulu un tanin propre à ensoleiller un vin, se servait du coutre, dont la lame tranchante, tournée vers le sol, n'était pas d'un maniement facile.

« Ma-rie, Ma-rie », scandaient les semelles de Louis sur le chemin. Une soif inextinguible le rongeait et, parce que rien ni personne ne pouvait le soulager, il était de fort mauvaise humeur. Il s'assit au bord de la rivière, furieux contre lui-même. Le bon sens lui soufflait que tout ceci était injuste, mais il persistait depuis sa rencontre et oscillait entre désespoir et colère. Comment, sans rien dire, avait-elle osé créer en lui un si violent besoin d'elle ? C'était indécent ! Ah ! ce visage, cette chevelure issue du feu ! Quelle sereine beauté.

Louis fut tiré de sa rêverie par un trait vif qui percuta l'eau, l'éclaboussant au passage. Il aperçut un merle d'eau, boule noire entourée d'un chapelet de bulles qui s'évadaient de ses plumes. Il avançait, sûr de lui, battait des ailes, luttait contre le courant. Ses pattes, munies de griffes recourbées, s'accrochaient aux galets tandis que, de son bec pointu, il retournait les cailloux, en quête de nourriture aquatique. Dix secondes plus tard, l'oiseau jaillit à la surface, telle une flèche, pour replonger aussi vite. « Étonnant, étonnant », pensa Louis enfin distrait par autre chose que Marie. Quelques instants plus tard, posé à quelques mètres de lui, le cincle plongeur avala d'un trait sa proie. Le noir de son costume s'agrémentait d'un large plastron blanc, telle une serviette de table qui protégeait le devant de son habit. L'oiseau fila au ras de la surface des ondes, vira sur sa gauche et plongea presque sous le nez de Louis. Le dos oblique, afin d'utiliser la force du courant, il progressait, utilisant ses ailes comme des rames et sa queue comme gouvernail. Une fois le lit de la rivière atteint, il se redressa et se mit à marcher comme si de rien n'était, farfouillant dans les cailloux comme une vulgaire poule dans le fumier.

Absorbé par le spectacle peu commun d'un oiseau aussi à l'aise sous l'eau que dans les airs, Louis n'entendit pas tout de suite le battement d'ailes ample et régulier qui envahit soudain le ciel. Alignés en un V parfait, de grands oiseaux naviguaient vers le sud, poussant des cris gutturaux, rameutant de jeunes traînards fatigués. Alerté, Louis leva les yeux. Bien que gêné par les ramures des chênes, il distingua le spectacle. « Des grues cendrées, non, c'est trop grand, des cigognes noires ! » Louis les perdit de vue, et le visage de Marie, un temps oublié, réapparut plus vivace que jamais. Il se leva. De rage, il donna un violent coup de pied dans une fourmilière, se fit mal, recherchant l'oubli dans la douleur physique. Il s'en voulut de sa bêtise. Les fourmis sortirent en masse du trou béant afin de colmater les dégâts provoqués par cet inconscient.

Il arriva chez Marcel Treuil, qui chantait à tue-tête une vieille comptine :

« Cadet Rousselle a trois maisons,
Qui n'ont ni poutres ni chevrons,
C'est pour loger les hirondelles… »

Apercevant Louis, le tonnelier s'interrompit. Se tapant le front, il s'exclama :

— Ah ! J'avais oublié que je t'avais dit de passer lorsque je t'ai vu au pèlerinage. Tu sais que j'ai des vignes derrière. Quelques bons arpents que m'ont laissés les ancêtres, gardés par des noyers et des fruitiers. Figure-toi que le Germain Chambon s'est mis en tête de me les acheter ! J'ai dit non, non et non. C'était clair, eh ben lui, il a continué à me les demander pour son fils ! Mais moi, je m'en fous de son fils. Il est clerc de notaire à Clermont. Que va-t-il faire de ma vigne ? De la crotte ! Ah !

Je l'imagine avec le *fessou*[1] plein de raisins, collé dans le dos ! Il aura bonne mine, le Clément : pas capable de manier le sécateur sans avoir des ampoules un quart d'heure plus tard.

Marcel, congestionné par son discours, reprit son souffle.

— Eh ben, il m'a jeté un sort sur les raisins. Tu viendras voir. Tout secs ou tout pourris. Il te faut me la désenvoûter ma vigne, et vite. Le vin, pour cette année, il est foutu. Laisse-moi finir ce tonneau, et on descend ensemble à Besse. Je te montrerai ma cave et mes belles barriques aussi fessues que les mieux roulées de nos payses.

Il lui décocha un clin d'œil un rien grivois et s'exclama :

— C'est pas le tout, faut y aller. Allez Marcel, au boulot !

Louis s'amusait beaucoup.

— Gaston a préparé votre commande. Il vous attend.

— J'irai quand je pourrai y aller ! répondit-il avec un semblant de mauvaise humeur.

Puis, redevenant sérieux, il saisit plusieurs douelles, sortes de planchettes rectangulaires, de largeurs et longueurs variables.

— Je vais leur arrondir la panse, dit-il.

---

1. Hotte.

Il saisit sur l'établi une plane, lame tranchante à deux poignées, dont le rôle était d'incurver la forme droite des douelles, puis prit la doloire pour les désépaissir.

— Sais-tu que mon métier ne date pas d'hier ? Ils ont retrouvé des sculptures chez les Grecs et les Romains, qui montraient un tonnelier, le pied sur la barrique, la doloire à la main.

Passant du coq à l'âne :

— Et ma vigne, tu vas faire comment pour qu'elle revive et que mon raisin soit aussi beau qu'avant ?

Il cracha par terre.

— Qu'ils aillent au diable, le Germain et son crétin de fils ! Qu'ils crèvent !

— Marcel, il ne faut pas dire des choses comme ça pendant que vous fabriquez un tonneau. Le vin qui l'habitera sera mauvais.

Louis se leva, fit croix sur croix sur le bois, marmonnant une prière que Marcel tenta de comprendre.

— Si tu es un Guillou, par saint Jean-Baptiste, va-t'en ; va-t'en au nom de Dieu, si tu es Satan.

Jean-Baptiste, ici invoqué, était le patron de la corporation des compagnons tonneliers. Il avait atteint la renommée décapité par une doloire sur ordre de la féroce Salomé.

— Bon, fit Marcel en se dirigeant vers la colombe, un gros rabot au tranchant dirigé vers le haut, monté sur pied et mesurant plus de un mètre.

— Quel bois employez-vous ? interrogea Louis.

— Là, c'est du châtaignier pour le vin, sinon j'emploie du chêne pour l'alcool pur.

Tout en parlant, Marcel actionnait le géant. Biseautant les extrémités de la douelle, il chanfreinait après avoir mesuré, à l'aide d'un calibre, la taille souhaitée.

— C'est un petit tonneau qu'il veut, le Robert. Il est temps d'assembler les douelles.

Marcel, sous l'œil admiratif de Louis, saisit trois cercles de fer et mit debout les planches, qu'il arrosa d'eau. Déversant des copeaux en leur milieu, il y mit le feu. Puis il couvrit le tout de quelques planchettes déjà noircies de fumée. Intrigué, Louis demanda pourquoi il agissait ainsi.

— Je m'attendais à ta question. Eh bien, le bois va chauffer, s'assouplir, et cela va me permettre d'ajuster le *touré* – il montra un câble – que je passe autour des planches. Réunies et bien emboîtées, les douelles formeront la barrique.

Pendant qu'il parlait, il avait sorti d'un garde-manger du pain et du pâté. Il coupa deux larges tranches qu'il tartina d'une épaisse couche beige. Il en tendit une à Louis, qui, malgré le casse-croûte pris chez le merrandier, n'osa refuser. Tout en mastiquant, il ouvrit le robinet d'un petit fût et emplit deux verres.

— Tiens, c'est du gamay. Un sacré *tachou* !

Il porta le vin à ses lèvres, ferma les yeux, se rinça la bouche puis, avalant le liquide rouge cerise, fit claquer sa langue.

— Robe assez dense, nez pomme verte, bouche à l'attaque fruitée. Ça, c'est le discours de mon oncle. Moi, j'ajouterai, parce que le vin c'est de la poésie, qu'il a goût d'herbes sauvages avec une pointe de garrigue épicée.

Il caressa le ventre rebondi du tonneau.

— Vois-tu, sorcier, je suis un peu ton frère. Le vin est capricieux et risque de mal tourner si je ne suis pas là avec mon bois qui va décider de son sort. À l'abri des variations de température, il ira vers une lente maturation et s'accompliront les noces secrètes du vin et du bois. Bien, me voilà restauré. Au travail !

Il resserra le câble avec douceur. Puis, après s'être assuré de la bonne marche de l'opération, il passa trois cercles de fer, deux autour des cols du fût, un autre autour de la panse. Il le redressa et regarda le résultat.

— Qu'en penses-tu, fiston ?

— Je suis admiratif. C'est un travail minutieux, et vous êtes très rigoureux.

— Bon, on va aller à la vigne et à la cave. Je finirai après.

— S'il vous plaît, dites-moi avant de partir ce qui reste à faire pour ce tonneau.

— Tu vois bien qu'il faut encore raboter et poncer le bois. Ce n'est pas net. Réajuster, tiens, regarde celle-là, elle fait la têtue, il faudra l'aplanir, dit-il en montrant une douve un peu disjointe. Après ça, il ne me restera plus qu'à poser les *fonçailles*. À l'aide de mon jabloir, je vais creuser une rainure qui servira à ajuster les planches du fond. C'est pas facile à faire, mais j'ai l'habitude ! Je termine en creusant le trou de la bonde pour mettre le robinet. Et voilà ! Tu verses ton vin : il va colorer le bois, qui lui-même va offrir le tanin pour qu'il perde son goût vert et acide.

Avant de quitter sa loge, Marcel rangea avec soin ses outils sur son établi : le compas, la doloire, l'herminette, le racloir, la plane tranchante et le jabloir. Il referma la porte, mit sa veste sur l'épaule.

— Allez, viens, on va s'occuper du vieux Germain et de sa malédiction.

Ils croisèrent un troupeau de mouflons aux cornes enroulées autour de la tête, qui détala à leur approche.

— Vous ne connaissez pas un certain Martial Darfeuille, de Brive ? tenta Louis.

Marcel fit un drôle de bruit avec sa bouche, secoua la tête.

— Non, ça ne me dit rien. Pourquoi ?

— Je l'ai rencontré au pèlerinage l'autre jour, et j'aimerais le revoir.

— Tu sais, il y a tellement de monde qui circule ce jour-là, et qui vient de partout ! Je demanderai à la Jeanne. C'est une *clampe* qui sait tout.

Besse fut en vue, et ils parvinrent à la vigne. Louis constata les dégâts. Les feuilles vertes étaient recroquevillées sur elles-mêmes, un liseré brun bordait les nervures, le raisin était racorni, sec ou moisi.

— Tu as vu ? C'est un désastre ! Pas de vendange, pas de vin. Que peux-tu faire ?

Louis montra à Marcel des raisins sains qui ne demandaient qu'à mûrir.

Il prit de la terre entre ses mains, l'émietta, la porta à son nez.

— Je crois qu'il a dû répandre du poison sur le sol. Il faudrait couper feuilles et raisins morts, sarcler, biner la terre au pied des ceps, ajouter du terreau. Elle devrait repartir. Il serait bon d'asperger avec l'eau de Vassivière.

— Le crois-tu vraiment ? Tu vas bien enlever le sortilège aussi ?

— Oui, oui. Mais le plus pressé, c'est de faire ce que je viens de dire.

— Je te laisse faire ton abracadabra, et tu me rejoins à la maison quand tu auras fini.

Louis étendit les bras face aux arpents saccagés et, par trois fois, s'écria :

— Feu du diable qui brûle cette vigne, perds ta chaleur comme Judas perdit sa couleur quand il trahit Notre-Seigneur au jardin des Oliviers.

Il parcourut alors chaque travée, accompagnant sa marche par d'immenses signes de croix. De fortes vibrations se dégageaient de la longue silhouette, établissant ainsi des liens avec l'énergie cosmique. Une fois la cérémonie terminée, Louis revint à pas lents vers la bastide, où Marcel l'attendait, impatient.

— Alors ? dit-il avec fièvre.

— J'ai enlevé le sortilège. Mais mon geste n'aura que peu d'effet si vous ne suivez pas mes indications. N'oubliez pas l'eau de la sainte source !

La demeure, héritage paternel, toute en pierres taillées dans le basalte, s'appelait le *Clos de Roquebrune*. La cave était à la hauteur de l'ensemble. D'un geste fier, Marcel montra le chemin à Louis. Il faisait frais. Chacun portait un bougeoir dont la flamme vacillait au gré de leurs pas. Marcel alluma l'une après l'autre de grandes torchères. La cave resplendit soudain. Des rangées d'énormes barriques poussiéreuses, suivies de casiers à bouteilles, apparurent alors.

— Vois-tu, mon grand-père avait des hectares de vigne. En 1789, par jalousie, des paysans ont presque tout saccagé. Il en est mort de chagrin. Des années de travail anéanties. Tous ces soins, ces heures de labeur constant pour rien ! Mon père sauva la vigne la plus proche de la maison, celle que tu as désenvoûtée. Les manigances du Germain ne me font pas peur. Il n'aura pas le sang du vin !

Ce faisant, il auscultait le fond piqué de certaines bouteilles, déchiffrait une date, s'exclamait :

— Regarde, celle-là est de 1740. Soixante-six ans ! J'étais pas né ! Tu comprends pourquoi je suis devenu tonnelier. C'est complémentaire, puisque le choix du bois va décider en partie de la qualité du vin. Mais si c'est de la piquette, ça restera de la piquette, même si mon tonneau est bon !

Louis s'imprégnait de l'atmosphère. Il regardait, sans oser les toucher, les bonnes bouteilles qui reposaient à l'abri de la lumière et de la chaleur. Quelques-unes étaient centenaires, héritières d'un siècle de culture vinicole. Comme il aimerait montrer ce trésor à sa beauté rousse au regard craintif de petit animal sauvage ! Mais elle avait disparu, le laissant désemparé.

— Tiens, voilà pour toi et tes conseils pour sauver ce qui me reste de vigne.

Il lui tendit une bouteille, essuya l'étiquette avec son coude.

— Clos de Roquebrune, Jean Treuil, 1780, vingt-six ans, ça te va ?

Louis, ému, saisit le précieux flacon, se gardant d'enlever les toiles d'araignées qui s'enroulaient autour.

— Merci, dit-il en le déposant avec douceur dans sa gibecière. Je ne l'ouvrirai que pour une grande occasion !

Une longue poignée de main scella leur amitié. Après cet au revoir, Louis fit quelques achats à Besse, s'attarda plus que de coutume au café, dans l'espoir de croiser un pèlerin ou deux qui connaîtraient Martial Darfeuille. La nuit commençait à venir. Quelques étoiles allumaient déjà leurs feux vers l'orient, et le soleil, rasant la cime des monts, ne jetait plus qu'une lueur crépusculaire.

Louis n'était plus maître de lui. Il avait laissé ce sentiment s'installer et gouverner son esprit. Il ne s'apaiserait que lorsqu'il aurait trouvé le chemin solaire qui le mènerait vers elle. « Son grand-père n'avait-il pas évoqué les compagnons du Tour de France ? Ils se connaissent tous entre eux. Je vais voir si Valentin Delbary, de la corporation des charpentiers, ne pourrait pas me renseigner », se dit-il en se dirigeant vers la sortie du village.

La maison, à fronton classique, s'élevait au bout de la rue principale de Besse. Ses fenêtres à petits carreaux lui donnaient un air élégant. Deux grands sapins étendaient leurs ramures à l'entrée du jardin, que traversait un chemin dallé de basalte. Valentin Delbary, debout près de la porte, observait avec intérêt son visiteur. Il avait dû être un fort bel homme. De haute taille, bien qu'un peu voûté, il avait conservé toute sa vigueur physique. Son visage agréable aux méplats accusés, son franc sourire, son regard bleu incitaient le visiteur à la confidence. Mais, comme tous les compagnons ayant voyagé, il avait mis quelque distance avec ses compatriotes.

Il tira de sa poche un paquet de tabac, se prépara une chique, qu'il introduisit d'un doigt leste au fond de sa joue tannée, et tendit la tabatière à Louis.

— Tiens, si le cœur t'en dit !

Louis repoussa la main avec douceur.

— Non, merci. Je supporte mal le goût. J'ai essayé : ça me donne des migraines...

Valentin faisait un drôle de petit bruit de succion, tirant de la feuille tout son étrange parfum poivré.

— Comme tu voudras ! Que me vaut le plaisir de te voir ? D'habitude, c'est moi qui vais vers toi pour calmer mes douleurs !

Tandis que Louis répondait, il transféra sa boulette vers l'autre joue. Il sourit, découvrant ses dents teintées de marron.

— Ah ! Tu voudrais savoir où habite ce Martial Darfeuille ! Le même âge que moi, dis-tu, et de la même corporation. Si tu connaissais son nom de compagnon, ça m'aiderait. Brive, Brive...

Sans doute qu'en y allant tu aurais plus de renseignements…

Il soliloquait, les yeux dans le vague, recherchant dans les méandres de sa mémoire un indice.

Soudain, agressif, il apostropha Louis :

— Dis donc, tu ne me demandes pas tout ça pour lui jeter un sort ?

— Mais non, bien au contraire ! Je suis leveur de maux, pas autre chose.

— Il paraît que tu vis avec un loup.

Le ton n'admettait pas de réplique. Décidément, les nouvelles circulaient vite !

Louis acquiesça :

— C'est une petite louve blessée. Je la soigne et je lui rendrai la liberté si elle le désire. Car elle boite, et son infirmité la condamne. Elle est plus douce que le meilleur des chiens.

Mais Valentin n'écoutait déjà plus.

— Martial Darfeuille, Martial Darfeuille, non, vraiment, je ne peux pas t'aider. Il faut que tu ailles à la cayenne de Brive, le rouleur te le dira.

À peine Louis avait-il regagné *L'Étoile de Sirius* qu'un coup sec à la porte l'avertit d'une présence. Il ouvrit. L'air emprunté, un homme tournait le bord de son chapeau entre ses mains.

— J'ai pas pu venir plus tôt à cause du bétail.

— Rentrez, rentrez, dit Louis au timide.

Il le fit asseoir. Isis grogna dans son coin. L'autre se signa.

— Crénom, c'est ben vrai que vous avez un leu !

— Mais il n'est pas méchant, le taquina son hôte.

— Je viens de Picherande.

Il semblait de plus en plus embarrassé.

— Voilà, mon voisin, le Victor Sauvagnat, ça fait belle lurette qu'il lorgne ma femme. Il est allé à Murat rencontrer le sorcier Émile Lacave. Depuis, je suis devenu impuissant, et la payse me regarde d'un drôle d'œil. Elle veut un enfant. C'est le nouage de l'aiguillette, qu'il m'a dit en rigolant ! J'aime ma Toinette et j'ai besoin de le lui prouver souvent.

Pensif, Louis écoutait le pauvre amoureux. Il se dirigea vers le meuble, fouilla dans l'un des tiroirs et revint avec un anneau.

— Tu vas passer cette bague à ton majeur gauche. Vois-tu, dans ce chaton est enchâssé l'œil droit d'une belette. Pendant trois lunes pleines, tu mettras l'une sur l'autre deux chemises à l'envers.

L'autre écoutait, fasciné, les paroles du leveur de maux dont la réputation survolait sans peine les monts d'Auvergne.

— Ensuite, tu garderas toujours dans ta poche gauche de pantalon un sachet de sel contenant treize grains, que tu changeras chaque matin au chant du coq. Le 23 septembre prochain, tu cueilleras trois feuilles de chêne kermès, sept boules de gui, une touffe d'armoise, de préférence coupée la veille de la Saint-Jean. Tu enfermeras ce mélange, après l'avoir fait sécher, dans un petit sachet rouge, cousu avec du fil de même couleur. Tu le pendras à ta ceinture, mais de manière à ce qu'il touche ta peau. Aucun sorcier, aussi damné soit-il, ne pourra plus rien contre ta virilité.

L'homme hochait gravement la tête.

— Et, pour finir, tu passeras le seuil de ta maison et celui de ta chambre à coucher à la graisse de vipère. Ainsi, tu seras désenvoûté.

Il étendit le bras gauche, paume de la main tournée vers le ciel, et récita :

— Je te barre, je te débarre, au nom du Père et du Fils et du bardebarre et contrebarre, au nom du Saint-Esprit. Ce que le sorcier de Murat a noué, je le dénoue dans l'instant.

Le paysan se leva, soulagé.

— On m'avait bien dit que ça marcherait avec vous !

Louis fit entendre un drôle de petit bruit avec sa langue.

— N'oublie surtout pas ce que je t'ai indiqué de faire, sois patient, tout rentrera dans l'ordre, et tu retrouveras tant de vigueur que ta femme criera grâce !

— Heu ! dit-il, gêné, est-ce que je peux vous demander ce que c'est que l'aiguillette ?

— Dans le temps, c'étaient des ornements qui terminaient le bout des lacets sur lesquels on tirait pour fermer la braguette des culottes.

— Ah ! fit l'autre, dubitatif, ne comprenant qu'à demi le reste de l'allusion.

Louis riait, heureux de voir le visage épanoui du présumé guéri. Ce dernier, malgré l'heure tardive, le quitta, promettant de confirmer dans tout le pays les mérites du sorcier du Pavens. Durant tout le chemin pour regagner son village, il énuméra mentalement les ingrédients qu'il lui fallait pour qu'il puisse contrecarrer les mauvais esprits. Ce qui le titillait, c'était l'armoise cueillie le jour de la Saint-Jean. Il en trouverait certainement chez Berthe qui collectionnait les herbes. Il poussa un grand soupir, heureux de savoir qu'il allait retrouver l'allant pour contenter sa chère Toinette.

Isis allait de mieux en mieux. Elle marchait en boitillant, mais elle marchait sur ses quatre pattes. Louis savait qu'elle était condamnée s'il lui rendait la liberté. Aussi avait-il décidé de la garder. Pour être sûr que son choix était partagé, il laissait fréquemment la porte grande ouverte. La première fois, elle s'était avancée, avait humé l'air, puis s'était engagée, prudente, dans le sentier. Il avait observé sa démarche avec intérêt.

Allait-elle partir ? Claudiquant, la bête, après avoir, tête basse, cherché une piste, avait fait demi-tour, était rentrée dans la maison pour se recoucher, tranquille, devant l'âtre, non sans avoir léché au passage la main de Louis. Ils s'étaient mutuellement adoptés.

Souhaitant l'emmener le plus possible au cours de ses marches, il pensa à lui confectionner une sorte de bottine en cuir souple qui protégerait la blessure encore fraîche. Assis à sa table, il découpa le cuir. Il était tard. Dehors, une énorme lune rouge incendiait d'éclats pourpres le sommet des arbres.

Soudain, sans cause apparente, les fioles posées sur le guéridon s'entrechoquèrent. Surpris, Louis leva la tête. La petite table ronde bougeait, animée d'un imperceptible balancement, comme un roulis de bateau sur une mer peu agitée. Puis, saisie d'une soudaine frénésie, elle fit quelques soubresauts, jetant les bouteilles à terre. Dans le même temps, des coups sourds se firent entendre, provenant du banc-coffre près du lit. Isis, dressée sur ses pattes, museau levé, hurla longuement. Interloqué, Louis se dirigea vers le guéridon, qui avait repris sa position normale. Il ramassa les morceaux de verre, essuya avec soin les dalles mouillées, tourna et retourna le petit meuble sans qu'aucun indice ne lui indiquât la cause de ce remue-ménage. Puis il souleva le couvercle du banc-coffre, n'y trouva, comme d'habitude, que ses effets personnels. Caressant au passage Isis, il reprit sa place à la table pour terminer la botte. Mille pensées lui traversaient l'esprit. Léonard ne disait-il pas, dans son grimoire, que de tels phénomènes signifiaient qu'une âme souhaitait entrer en contact avec l'homme ? Les coups avaient un code. Il était simple : à chaque lettre correspondait un chiffre. A correspondait à un, B à deux, ainsi de suite. Il suffisait d'écouter et de compter les coups pour leur attribuer une signification. Peu à peu les mots se formaient. Les phrases prenaient une signification. À la question oui, un seul coup, non, deux coups. Louis, perturbé, n'avait pas eu le temps de noter quoi que ce soit. Il ignorait tout du message que l'esprit souhaitait lui transmettre. Il finit de coller et de coudre la bottine d'Isis sans que rien ne se produisît. La louve dormait, une patte sur l'oreille, le corps allongé dans une attitude de parfait abandon. Il se coucha.

C'est au milieu de la nuit que les coups se manifestèrent de nouveau. Louis bondit de son lit, alluma le chaleil, se précipita sur une feuille et un fusain.

— Attends, attends, je ne comprends pas.

Les coups s'arrêtèrent.

— Es-tu un esprit que je connais ?

Deux coups répondirent non.

— Alors tu veux me transmettre un message ?

Il entendit un coup affirmatif.

— Je t'écoute.

Sur la feuille, l'alphabet étalait ses lettres. Il n'avait plus qu'à noter le nombre de coups pour former un mot avec les lettres désignées.

Trois coups, puis un silence. Il entoura la lettre C. Puis s'enchaînèrent quinze coups : O. Les instants de calme étaient impressionnants. Le cœur de Louis battait à tout rompre. Le R fit son apparition.

— C, O, R, épela Louis sans comprendre. Es-tu fatigué ?

L'esprit confirma, puis fit une longue pause.

Un faible bruit annonça qu'il souhaitait reprendre le dialogue.

Louis bouillait de savoir qui il était.

— Es-tu un homme ?

Deux coups brefs : non.

— Alors tu es une femme ?

Deux autres coups démentirent. Interdit, Louis se demandait quelle sorte d'être représentait l'esprit.

— Serais-tu un enfant ?

Un coup lui répondit.

— Comment t'appelles-tu ?

Pendant un long moment, Louis, attentif, nota les lettres qu'indiquait chaque heurt contre le bois. Puis les bruits cessèrent. Antoine : telle était la réponse à sa dernière question.

Troublé, il cherchait dans son entourage qui pouvait bien être cet enfant. Il hocha la tête. Non, il ne savait pas. De toute façon, l'esprit lui avait dit qu'il ne le connaissait pas. L'énigme le fascinait.

— Antoine, es-tu encore là ?

Il n'y eut pas de réponse.

Louis se recoucha. Peut-être n'aurait-il pas dû interrompre l'enfant lorsque celui-ci tentait de lui transmettre un message. Après tout, peu importait ! Il connaissait au moins son identité. Soudain, tremblant et glacé, il sursauta, s'assit dans le lit. Mais oui, c'était bien le prénom que Martial Darfeuille avait cité en lui racontant le malheur qui avait endeuillé sa famille. Antoine, le petit frère de Marie. L'aube le surprit, éveillé, ne tenant pas en place. Isis le regardait aller et venir. Il saisit un collier, le lui passa autour du cou, prit la laisse récemment achetée à Besse. Elle se laissa faire, confiante.

— Viens, nous allons sortir. Je t'emmène faire la connaissance du Pavin.

Tout en lui parlant, il emboîtait le bottillon à la patte infirme. Il avait renforcé le dessous, fabriquant une semelle épaisse pour amortir les chocs et atténuer la claudication. Ainsi protégée, la louve ne souffrirait pas.

« Cor, pensait-il en descendant vers le lac. J'ai peut-être eu tort de l'interrompre. Mais je sais au moins qui il est. Comme dit son grand-père, ce n'est pas par hasard s'il cherche à me joindre… »

Isis paraissait heureuse de marcher à ses côtés. De temps à autre, l'instinct puissant reprenait le dessus. Elle s'immobilisait, scrutait un buisson, s'attardait, les oreilles en alerte. Elle débusqua ainsi une martre brune qui s'enfuit, affolée, laissant sur place un loir qu'elle était en train de déguster. Amusé, Louis l'observait. Elle le distrayait de l'angoisse mâtinée de l'espoir fou de retrouver Marie. Peut-être, ce soir, l'esprit de l'enfant le contacterait-il. Il aurait ainsi la suite du message.

Arrivé au lac, il s'assit sur un petit rocher, détacha Isis. Elle furetait parmi les joncs, dérangea une musaraigne aquatique dans son sommeil et affronta un campagnol qui chuinta, l'air emprunté, très en colère qu'elle ose venir si près de son terrier. L'air était doux. Le soleil, encore embrumé, se levait derrière les dômes. *La Glorieuse* dodelinait, caressée par le friselis de l'eau. Mais ce calme rassurant ne réussit pas à dérider Louis. Il appela Isis et remonta d'un pas nerveux vers la maison.

Enfant et adolescent solitaire, Louis avait toujours été plus sensible que la plupart des gens de son entourage aux beautés qu'offre la nature.

Jusqu'à sa rencontre avec Marie, il ne souhaitait guère exprimer cette sensibilité. Brusquement, il découvrait ce désir lancinant de l'associer à ses vibrations intérieures et de partager cette communion qui le reliait au ciel et à la terre.

« Vois-tu, Marie. » Non, il n'oserait pas la tutoyer. « Voyez-vous, cette constellation, là, au-dessus, c'est Orion. C'est sans doute pour cette raison que mon grand-père l'a appelée comme ça. » Elle demanderait de sa voix un peu enfantine quel était cet essaim argenté qui scintillait plus loin. « Les Pléiades. » Il prendrait sa main et garderait le souvenir, imprimé au creux de sa peau, de cette chaleur, de cette tendresse qui se dégageaient d'elle sans qu'elle en prît conscience. Ils regarderaient ensemble le cristal d'une aube d'hiver dans un même élan de bonheur silencieux, le pourpre des couchers de soleil basculant derrière les croupes glacées, la fuite des nuages poussés par un vent pressé. Elle appuierait sa joue contre son épaule et s'exclamerait : « Mon Dieu que c'est beau, que c'est beau ! »

Elle serait contre lui, à lui, il fermerait les yeux, savourant son bonheur. À l'orée du bois, les ombres seraient profondes et bleues. Image floue… Marie, debout, la main posée dans un geste gracieux sur le bras d'un fauteuil, visage noyé au milieu de sa chevelure d'un roux lumineux… Elle serait là, omniprésente. Il s'approcherait d'elle, lui demanderait si elle était d'accord pour faire un long chemin avec lui. Elle secouerait la tête, se mettrait à rire pour mieux cacher son émotion. La nacre de ses dents brillerait dans la pénombre, son petit bout de nez bougerait. Il lui parlerait alors de leur avenir. Elle l'écouterait, le regarderait, ses yeux verts brillants de joie. Louis, assis dans un fauteuil, aurait trop peur de laisser le silence s'installer entre eux. Elle pencherait soudain son visage vers lui, ses cheveux frôleraient ses lèvres tandis qu'elle caresserait son front de sa main, lisserait les paupières fatiguées. Il saisirait alors la petite main chaude contre sa bouche entrouverte et déposerait un baiser au plus profond de la paume – goût de sel, fragrance d'un parfum oublié –, Marie poserait sa tête sur son épaule, il s'immergerait dans la soie lumineuse de sa chevelure, prendrait ses lèvres…

La roulade joyeuse d'un oiseau le tira de son rêve. Elle résonnait comme le rire de Marie, qu'il avait perçu lorsque la carriole était déjà au bout du sentier.

C'est alors qu'il ressentit un léger frôlement, comme si une main l'avertissait d'une présence. Il regarda du côté du guéridon qui ne bougea point. Seul le rideau dentelé de la fenêtre s'agita. Peu de temps après, des coups provenant du lit clos se firent entendre de façon désordonnée ; Louis n'arrivait pas à suivre. Un flacon tomba à terre, balayé par des doigts impatients.

Il appela :

— Antoine, est-ce toi ?

Un coup bref lui répondit. Louis soupira de bonheur.

— Es-tu venu pour me dire l'autre partie du mot ?

Un autre coup, plus appuyé, confirma.

Il reprit la feuille de l'alphabet et, attentif, écouta. Les chiffres neuf, douze et quatorze apparurent alors. Louis juxtaposa les trois lettres de la dernière fois et les trois nouvelles. Il épela C, O, R, N, I, L. Le rideau se souleva comme si quelqu'un le secouait pour attirer l'attention.

— C'est le nom du village où habite Marie ? C'est ça ?

Antoine répondit oui.

Louis, radieux, s'écria :

— Oh merci, merci, tu sais combien j'aime ta sœur ! Pense-t-elle aussi à moi ?

Le voile s'anima avec frénésie. Une pluie de coups sonores et rapprochés comme des battements de mains confirma ce qu'il espérait. Louis ne put retenir sa joie. Bientôt, il partirait vers la Corrèze où se trouvait sa bien-aimée.

VI

Le rémouleur et le sabotier

Augustin, la hache sur l'épaule, suivi de Gauthier, s'engagea dans l'allée des fruitiers. Matthieu portait sur son bras gauche les liens de paille qui serviraient à désigner les coupables d'inertie[1]. Marie suivait, un panier d'osier à la main, afin de ramasser les fruits tombés à terre. Elle préparerait une succulente compote dont Gauthier raffolait. Il lui fallait à tout prix s'occuper, car elle vivait dans un flou cotonneux où Louis occupait toute la place. Sa rencontre avec l'amour se situait de l'autre côté d'une brèche dans le temps. Tout ce qu'elle faisait, du réveil au coucher, avait le même goût fade. Et pourtant, elle sentait qu'elle le reverrait, elle en était sûre ! Si c'était l'inverse, pourquoi Dieu aurait-il pris le soin de le mettre ainsi sur sa route ? L'angoisse de l'attente devenait une délicieuse torture. De la

1. *Se dit des arbres qui ne produisent pas de fruits.*

main droite, elle tentait de calmer les ardeurs de Soleil redescendu de la montagne avec son frère. Ce chien était décidément toujours excité, mais si tendre que la famille entière l'avait adopté.

Le groupe s'arrêta devant un pommier terne et rabougri, dont l'obstination à ne donner aucun fruit devenait préoccupante. Solennel, et selon la coutume, Augustin menaça l'arbre fautif de sa hache, faisant mine de le cogner. Gauthier arrêta le bras paternel tandis que Matthieu lui tendait un lien. Il le saisit, enserra la taille de l'arbre, puis, l'œil sombre, reprit sa marche. Gauthier, resté en arrière, caressa le tronc et, dans son langage si particulier, le supplia de produire des fruits à la prochaine récolte afin d'éviter l'abattage.

Augustin maugréait :

— Mais qui avait donc planté ce laurier ici ? Il va me faire mourir la vigne. Tant pis, il faudra le scier et mettre un orme à la place.

Il savait que dans la nature existaient aussi des antagonismes envers les plantes. Caressant au passage les larges feuilles dentelées d'un immense figuier, qui, près du platane, mûrirait à l'automne donnant sans compter le mauve nacré de ses fruits. La clairière fut bientôt là. Augustin sortit alors de sa poche un couteau, saisit une branche de bouleau, entailla l'écorce et la fit tomber. Le bois apparut, tendre, encore laiteux. Gauthier et Matthieu avaient disposé sur le sol des branches de genêts bien sèches, d'égale longueur. Le père saisit quatre d'entre elles, les répartit en un gros bouquet autour du manche et, à l'aide des joncs souples, commença à les fixer : un balai prenait forme. Gauthier, de son côté, préparait des brins d'osier fendus afin de ligaturer l'ensemble. Une fois l'ouvrage terminé, les garçons se poursuivirent en riant, bousculant Marie, se piquant les jambes, faisant des bonds de cabri pour éviter le balai, jusqu'au moment où Augustin se fâcha et leur demanda, l'air courroucé, d'aller dans les bois faire des fagots pour l'hiver.

Il s'approcha de sa fille, inspecta le contenu du panier.

— Hum ! Ça m'a l'air bon tout ça ! Tu vas faire des confitures, je suppose…

— Non, non, il n'y en a pas assez, de la compote sans doute.

Il tendit la main et caressa ce visage qui lui était cher. Elle ferma les yeux, se laissa aller…

— Veux-tu venir avec moi à Tulle demain ? Je dois voir le charron.

Une joie brusque s'empara d'elle. Elle gratifia son père d'un sourire. Elle était deux fois plus belle qu'avant le pèlerinage. Augustin nota la taille fine emprisonnée dans une jupe aux plis mouvants. Ses cheveux, ramenés sur la nuque en un lourd chignon tressé, chatoyaient comme de la moire.

— À quelle heure veux-tu partir ? Peut-on emmener Matthieu ? Il va bientôt quitter la maison, et j'ai besoin d'être le plus possible avec lui, dit-elle avec un soupçon de détresse dans la voix.

— Oh ! Vers 7 heures. C'est jour de marché. Tu pourras vendre tes œufs, répondit-il en souriant.

Matthieu s'approcha des ruches installées près de l'enclos aux brebis. Des lambeaux de ruban noir s'effilochaient. Antoine. Le souvenir de son frère lui mordit le cœur. Quand Marie irait aux épousailles, Camille ferait flotter tout en haut le rouge d'une aiguillette de joie. Pendant ce temps-là, Martial travaillait sur l'établi à la fabrication d'un pelleversoir, fourche à deux dents très longues et solides. Muni d'un manche en bois de châtaignier, il pouvait supporter des poussées très fortes. Cet outil lui servait à retourner la terre après le passage de la charrue, dont le soc en fer n'arrivait pas à détruire en totalité les racines des mauvaises herbes.

Ainsi évoluait la famille Darfeuille : au rythme des saisons. Le printemps remettait le cycle en marche, celui des travaux des champs : labourer, bêcher, semer. L'été apportait fenaison, moisson, battage. L'automne, les vendanges. L'approche de l'hiver ramenait Martial et Augustin à encore plus de rigueur. Ils préparaient le bois, le sciaient en bûches, liaient les fagots ramenés de la forêt par les enfants, les empilaient dans la réserve.

— Maman, maman, v'là le repasseur de couteaux.

Matthieu, essoufflé, entra en trombe dans l'étable, où Camille trayait Marguerite. Surprise, la vache fit un écart ; le pis laiteux glissa des mains de la jeune femme. Elle rattrapa le seau de justesse.

— Tu sais bien que c'est une peureuse ! Fais donc un peu attention ! D'un peu plus, tout le lait se renversait ! s'exclama-t-elle, courroucée. Va donc chercher le père, il est dans le champ de pommes de terre. Donne-lui les lames qui sont dans le tiroir, sous le coffre à sel.

Un crissement aigu montait du chemin. Alfred, le rémouleur, apparut alors. Il poussait dans sa carriole la pierre d'étincelles qui faisait merveille. Petit, trapu, chauve, mais le visage barré d'une énorme moustache poivre et sel, il respirait la jovialité.

— Hé ! dit-il en s'épongeant le front, comment va la famille ?

Augustin arrivait en longues enjambées, chargé de sa faux.

— L'Antoine est mort, dit-il sobrement.

Alfred se signa, baisa l'amulette qu'il portait au cou. Il le savait, tout le monde aux alentours le savait. Dans son métier, tout en actionnant la pédale qui faisait tourner la meule, on apprenait force nouvelles.

— Le père Reclus a rendu l'âme cette nuit, j'ai rencontré le curé qui sortait de chez lui. La Mariette va être toute triste sans son homme, vu que tous les gosses sont partis. Faudra veiller à lui donner un coup de main !

Martial sortit de l'étable, salua le rémouleur d'une grande tape dans le dos.

— Allez, viens, on va boire un godet. Tu verras que mon vin est bon.

Suivis par Augustin, ils s'engouffrèrent dans la maison.

Camille soupira. Les couteaux n'étaient pas près d'être aiguisés, car Alfred, reconverti dans le métier, avait été compagnon du Devoir avec Martial, et leurs échanges nostalgiques remuaient trop le passé.

— Va, Matthieu, va. Ils ont de la conversation. Tu peux apprendre le futur grâce à eux.

L'adolescent courut alors, se faufilant près de la table, écouter les dialogues des anciens. Ces derniers semèrent en lui des idées d'un voyage initiatique à accomplir, dans le respect de l'outil, du matériau, du trait, de l'œuvre à terminer.

Leur dialogue roulait sur l'outil.

— Tu vois, petit, n'oublie jamais que l'outil détient une parcelle d'éternité. C'est la main de l'homme qui l'a créé pour l'aider à enfanter une œuvre, il est l'expression d'un accord entre la matière qu'il ennoblit en la métamorphosant, avec sans nul doute une alliance avec le divin. C'est aussi un symbole, celui d'une double création, la sienne et celle à laquelle il va participer. L'outil est un élément vivant, actif, pour celui qui sait s'en servir. Les compagnons vivent avec leurs outils, partout où ils vont, symboles de leur connaissance et de leur aptitude à s'en servir.

Méditatif, Martial avait laissé parler Alfred.

— Certes, ce que tu dis est beau, mais qui manie l'outil ? La main, ce merveilleux instrument dont nous a doté Dieu, sans qui il n'est point de création. C'est elle qui le tient, c'est elle qui agit. Bien sûr, reliée au cerveau et sans doute au cœur ! Regarde, la main touche, effleure, caresse. Tu fermes les yeux et tu laisses aller tes doigts, tes mains. Tu prends conscience des courbes, des creux, des bosses, de la plus petite aspérité, de la chaleur ou du froid. Tu es comblé. Mais la main peut aussi frapper, battre, enfoncer, faire mal. La main a tous les pouvoirs. Elle transforme l'argile, la pierre, le bois et les métaux, la laine aussi, ou l'osier. La main, c'est l'esprit de l'outil.

— Mais, interrompit Alfred, tu oublies de dire qu'elle écrit, dessine, qu'elle a aidé l'homme à sortir de sa solitude, à communiquer, qu'elle est le relais de notre savoir, le lien avec l'au-delà.

Martial s'esclaffa :

— J'allais aussi en parler, laisse-moi le temps. Pour moi, la main a le privilège d'être aussi notre regard. Elle complète la vision que nous avons du monde grâce à nos yeux.

Matthieu, bouche bée, buvait leurs paroles. Alfred, déjà un peu saoul, l'apostropha :

— Alors, tu pars quand, petit ? Dans quelques années, nous serons frères, toi et moi. Nous aurons le même langage, la même écriture éclairée de ses points mystérieux, qu'en dis-tu ?

L'interpellé ne pipa mot, laissant Martial répondre à sa place.

— Hé ! Tu te tais ? Ce n'est pas ton habitude, lança le gaillard têtu car enivré… Fais voir si ton papé t'a bien appris les outils. Qu'est-ce que c'est qu'une sauterelle ? Hein, tu ne me réponds pas « un insecte » !

Matthieu, d'abord en retrait, le regardait s'épanouir à l'ombre du tonneau.

— C'est une fausse équerre dont l'un des côtés est courbe. Il sert pour tracer des voûtes, des claveaux d'arc ; il est convexe ou concave.

— Crénom !

Stupéfait, le rémouleur tapa sur la table avec tant de force qu'il fit sauter le pichet et les verres avec leur contenu.

L'œil soudain allumé, Matthieu se délectait de la surprise du compagnon. Martial, heureux de la stupéfaction de son ami, se rengorgea. Augustin souriait…

— Et le biveau, à ton avis ? interrogea-t-il, sarcastique.

— C'est une équerre à angle variable.

Alfred, admiratif, se leva, vrai pied de barrique, brandit son verre, regarda Matthieu, rouge de fierté, et lança :

— Petit, ton grand-père et ton père peuvent te laisser partir. Ils ont fait du bon travail. Tu es en passe de devenir un sacré apprenti !

S'ensuivit un éloge vibrant à la famille ponctué de larges rasades. Augustin, qui faisait semblant de boire, jeta un coup d'œil significatif à son père pour arrêter le flot de paroles et surtout de vin. Martial se leva, entoura les épaules du frère, le poussa vers la porte.

— Té, Alfred, tu vois ce massif, là-bas, à l'ombre du châtaignier. Vas-y, je te rejoins, un peu de sieste nous fera du bien.

Il cligna de l'œil vers Matthieu, qui pouffa de rire.

— Ne crois pas, petit, que tous les compagnons boivent comme ça. C'est inhabituel, et puis ce n'est pas permis. Ça fait mauvais effet. L'Alfred, il est vieux comme moi, il a un coup de bourdon parce que la Louise, sa femme, est partie comme l'Antoine. Sinon, il se tient bien. Et puis, bravo, tu as bien répondu. Va maintenant aider ta mère et ta sœur. Elles ont besoin de toi pour carder. Elles sont au lavoir.

Camille, entourée d'un gros tas de laine, disparaissait dans cette mer brute. Aidée de Marie, elle saisissait l'épaisse toison qui avait servi de couverture à ses moutons l'hiver durant et tentait de la débarrasser de toutes les scories amassées par la bête : terre séchée, insectes, herbes, excréments. Elles la plongeaient dans l'eau claire et froide, la retiraient avec peine et recommençaient l'opération autant de fois qu'il était nécessaire pour que la laine eût enfin meilleure mine.

Séchée sur pré, il fallait souvent à nouveau chercher les insectes qui nichaient dans le confortable moelleux. Ensuite, à tour de rôle, elles la passaient sous la carde à double herse, munie de pointes métalliques qui, par le mouvement de va-et-vient, la démêlaient et la peignaient. Puis venait le temps de la quenouille, des fuseaux et du rouet, après le tri et la préparation des fils selon leur consistance : doublés, réguliers ou non. Les pieds et les mains se mettaient alors à danser, et une merveilleuse alchimie permettait à une masse uniforme, touffue et bouclée, de devenir un fil ténu, d'où naîtraient vêtements et couvertures. En fait, de l'animal à l'homme passait comme un courant fraternel.

Une métamorphose magique. Le mouton avait-il conscience de protéger son maître ?

Le rouet qui décuplait cette transformation était d'une grande beauté. La roue ornée de sept pentacles, la pédale qui actionnait l'ensemble, le pied sculpté en patte de lion avaient été créés avec amour par l'ébéniste. Il avait choisi du noyer, abattu en période de lune décroissante, car ce bois se prêtait aux ouvrages délicats : en effet, la sève avait cessé de circuler dans le tronc et cela facilitait le travail. Pendant que s'accomplissait le rite du rouet, Camille demanda à Matthieu de se rendre chez Joseph, le sabotier, pour acheter une nouvelle paire. Il sauta de joie. C'était pour lui un grand plaisir de regarder naître d'un simple morceau de bois des sabots qui seraient à sa taille.

— Je te promets, maman, que je vais être plus soigneux.

— Il serait temps ! s'exclama sa sœur, dont les cheveux, couleur soleil, ponctués de vaporeuses étoupes de laine, brillaient dans la pénombre.

Il se sauva en riant, arriva essoufflé chez le sabotier.

— Bonjour monsieur Joseph, la mère m'envoie pour...

— Je sais, l'interrompit-il, je suis prévenu. Viens, que je prenne tes mesures.

Matthieu enleva ses vieux sabots tout fendus, dont l'un ne tenait qu'à l'aide d'une ficelle de chanvre.

— Pose ton pied là.

Joseph avisa un carton à terre, attrapa un morceau de charbon sur l'établi, se mit à genoux et traça le contour du pied de l'enfant avec le plus grand soin. Se relevant, il se dirigea ensuite vers une petite pièce attenante, où des centaines de morceaux de bois étaient alignés par taille et par couleur. En hêtre, noyer, bouleau, aulne, tremble, parfois pin.

— Ta mère m'a dit : « Solides ! » Tiens, vois-tu, celui-ci devrait aller. Tu pourras danser la bourrée avec Marie. Ils claqueront fort, tes sabots, ça, je peux te le dire.

L'enfant baissa la tête.

— Je n'ai pas envie d'aller au bal.

Confus, Joseph se souvint d'Antoine et s'affaira.

Il examina avec une grande attention le morceau de bois blond qu'il avait entre les mains.

— Sais-tu ce que je regarde, petit ?

Matthieu hocha négativement la tête.

— Eh ben, s'il y a un nœud sur le bois en forme de croix.

Attentif, il tournait et retournait la pièce.

— Qu'est-ce qu'il faut faire s'il y en a un ? interrogea l'enfant.

— Il ne faut pas faire le sabot. Car la croix, c'est sacré. S'il y en avait une, je l'enterrerais dans mon jardin. Tu ne peux pas marcher avec une croix au pied, ce serait un sacrilège, et puis ça te porterait malheur.

Il se signa. Éberlué, Matthieu fit de même. Tout en travaillant, Joseph expliquait ses gestes à Matthieu :

— Là, je vais arrondir le sabot, sept coups, toujours un nombre impair.

Les copeaux voltigeaient, enroulés sur eux-mêmes comme des boucles de cheveux. L'enfant ne comprenait pas toujours ce qui lui était dit. Il pressentait confusément que l'homme ne maîtrisait pas certaines forces occultes et qu'il était bon de négocier au mieux avec elles.

— Tiens, passe-moi la tarière. Là, cette vrille pour faire des trous. Après, je veux le paroir, je n'ai pas assez évidé le fond.

Matthieu nageait dans le plus profond bonheur... De temps en temps, le sabotier piochait dans une petite jatte emplie de sel et en jetait une poignée. Le sel crépitait là où il retombait. Joseph se signait alors, marmonnait une espèce de litanie inaudible pour le profane. Étonné, Matthieu l'interrogea :

— Pourquoi faites-vous ça ?

— C'est pour enlever le mauvais sort qui guette toujours l'artisan et veut me faire gâcher mon bois ; alors je lui coupe l'herbe sous le pied. Il ne peut pas intervenir quand il y a de la sainteté.

Ainsi naissaient les compagnons de Matthieu, qui, par la force des choses, seraient à ses pieds, fidèles du matin au soir. Il resta deux heures à regarder œuvrer le sabotier.

— Té, voilà le pied droit, lui dit-il en lui montrant le sabot, mais j'ai pas fini.

Joseph saisit le boutoir, fignola les recoins, polit avec un racloir toutes traces d'outils. Il restait à l'adolescent encore plus d'une heure à regarder surgir du bois comme par magie son autre sabot.

— Tiens, essaye-les.

Matthieu rentra ses pieds à l'intérieur, marcha vers la porte, revint, sourire aux lèvres.

— Ça a l'air d'aller, dit-il non sans admiration.

— Rends-les-moi. Tu viendras les chercher dans trois jours.

Joseph perça un petit trou dans chaque sabot, passa une ficelle et les suspendit au-dessus de la chaleur du feu.

Matthieu se rembrunit.

— Vous ne me les donnez pas maintenant ?

— Ben non, tu sais bien qu'il faut que le bois sèche encore quelque temps.

Il rit, détacha la paire toute neuve.

— Promets-moi que tu vas patienter avant de les mettre. Demande au papé de te les faire sécher.

Matthieu, ravi, acquiesça.

— Maman a dit qu'elle passerait payer.

— Oui, oui, je sais, t'en fais donc pas.

Matthieu repartit, la précieuse paire serrée sur le cœur. Il fit un détour par le cimetière. La terre était encore fraîche, là où reposait Antoine. Sans plus de façons, l'enfant s'assit sur le petit tumulus, lissa la surface, remit d'aplomb la croix blanche qui avait basculé en arrière. Il fit provision de petits cailloux blancs, qu'il déposa en tas, et commença à former des lettres majuscules.

— Tu vois, je suis là, dit-il, ému. Tu peux pas me faire un signe, me dire si tu t'ennuies ? Gauthier voudrait savoir si tu joues de sa flûte. En réalité, il l'avait taillée pour moi, mais il te l'a donnée et je suis bien content.

Les lettres prenaient corps, devenaient mots. Il tirait la langue, appliqué.

— T'as vu mes sabots ? Je te les porterai quand je ne pourrai plus rentrer dedans.

Le vent serpentait entre les tombes, courbait les fleurs et les grands ifs pleureurs.

— Je suis sûr que tu dors bien. Y a peu de bruit. La nuit, des fois, je viens en pensée me coucher avec toi. J'ai si peur que tu aies froid.

Il tapa ses mains l'une contre l'autre pour faire tomber la terre. Il se relut avec une réelle satisfaction : « Antoine, je tème. »

— Peut-être bien que ça s'écrit autrement, mais toi, tu comprendras.

Matthieu se leva. Des anémones fleurissaient contre le muret de pierres sèches. Il en fit un tendre bouquet qu'il déposa sur le point de « je tème », réajusta les sabots pendus à la ficelle qui entourait son cou, et partit, à la fois triste et joyeux. À petits pas lents et réfléchis, un hérisson, à la recherche d'escargots, de limaces et de sauterelles, traversa l'allée. Il aperçut l'enfant, aiguisa ses défenses. « Allons bon, pensa-t-il, encore un qui va se croire obligé de regarder si je pique vraiment ! »

Le jeune garçon saisit une branche à terre, regarda le petit museau allongé, terminé par une jolie truffe noire. Les yeux de jais, ronds comme des billes, le surveillaient de près. Il essaya de le retourner pour voir ses pattes. Mécontent, l'animal fit le gros dos, hérissa ses piquants, se transforma en boule inhospitalière. Deux petits pieds allongés en sortaient ainsi que deux mains aux ongles longs.

Amusé, il le remit à plat ventre et entreprit de lui parler :

— Je ne te voulais pas de mal, mais voir comment tu étais fait par en dessous.

Le hérisson se dit qu'il allait encore s'attirer des ennuis et qu'il ne comprenait toujours pas pourquoi ! Lassé par le mutisme et la barrière épineuse, Matthieu s'en alla.

VII

Apparitions

MARTIAL SOUHAITAIT mettre les prés en jachère, son fils s'y opposait.

— Allez, regarde, ne fais pas ta mauvaise tête. Ici, la terre est usée, elle refuse de donner, même abreuvée de fumier. Il faut la laisser se reposer.

— Non, affirma Augustin, buté, les Marcellin ont semé de la luzerne. La terre était contente, ça la changeait du blé.

— À voir, s'entêta le père, explique-moi comment la terre peut souffler en travaillant.

Il leva les yeux au ciel, le prenant à témoin de cette ineptie.

— La jachère, c'est du gaspillage, gronda Augustin, serrant les poings. Les bonnes récoltes, ça se prépare. Si le sol refuse de produire, c'est de notre faute. La luzerne attire le soleil, offre de l'azote à la terre.

— Bon, bon ! s'exclama Martial, soudain plus conciliant. On ne va pas se disputer. On ira avec les garçons passer la herse, épierrer le champ et on sèmera de la luzerne. Il faut que tu admettes, Augustin, que le problème de notre région est simple : tout ce qui est récolté est consommé pour que nous puissions vivre, nous, notre famille, nos animaux. Moi qui ai tant voyagé, je t'assure qu'ailleurs il y a un commerce d'échange et que les gens s'en sortent mieux que nous. Mais, si tout cela ne marche pas, il faudra bien mettre la terre au repos.

Espiègle, il sourit, conscient d'avoir le dernier mot. Augustin, son mouvement de mauvaise humeur passé, saisit une fourche et s'employa à remonter les flancs du tas de fumier qui s'affaissait depuis les dernières pluies.

— Y a pas à dire, Marie m'inquiète. Qu'en penses-tu ?

— Elle a le mal d'amour, répondit Martial.

Le père ouvrit de grands yeux.

— Mais elle ne sort presque jamais ! À moins que le Roland Marty ou le Hubert Rongiéras lui fassent taper le cœur.

— Tu n'y es pas du tout, mon fils ! Elle a fait une rencontre à Vassivière. Mais, tu sais bien ! Le leveur de maux chez qui nous avons passé une nuit, qui a adopté un loup…

— Eh ben ? ironisa Augustin.

— Eh ben, c'est lui. Il est beau garçon, gentil, il sait faire des tas de choses.

— Tout de même, un sorcier ! Moi, j'en veux pas dans la famille, affirma-t-il après un temps de réflexion.

— Tu vas un peu vite en besogne, s'exclama Martial, agacé, ne juge pas si vite ! Attends, réfléchis. Il me paraît avoir beaucoup plus la tête sur les épaules que le Roland. Ne parlons pas du Hubert ! C'est un benêt ! Que veux-tu ? Avec l'Empereur et ses guerres, il ne reste plus dans les villages que les empotés.

— C'est bien ce que je te dis, pourquoi il est encore là le sorcier ?

— Je sais plus très bien. Son père est italien, non, c'est sa mère. Je crois qu'il cherche quelqu'un pour échanger sa place et gagner du temps.

Le chemin creusé par des rigoles où l'eau serpentait formait de petits ruisselets au courant rapide. Ils marchaient, cherchant un appui solide parmi les fondrières boueuses, où leurs sabots s'engluaient avec de brefs gargouillis. Un vent du sud, refroidi par la pluie, s'enfonçait dans la forêt, torturant les arbres au passage. La terre humide exhalait un parfum trouble et sensuel. Au-dessus de leur tête, les nuages tourbillonnaient, masses sombres, percées soudain de trouées bleues, où des faisceaux de soleil fusaient, rapides, avant de s'écraser sur la cime des mélèzes. Postée sur un piquet, une buse patiente attendait sa proie.

Un petit corps brun, fuselé, jaillit d'un buisson, traversa le sentier sous leurs pieds, à la poursuite d'un campagnol en fuite. Celui-ci n'échapperait pas à la belette souple et rapide. Tenace, elle s'enfoncerait avec lui dans le terrier et le tuerait sans lui laisser le choix des armes. Ils passèrent devant un petit champ, où Marie et Camille avaient planté avec patience des bulbes de narcisses et de jonquilles. La moisson était déjà vendue à un maître parfumeur récemment monté du Sud, installé à Brive, rue des Échevins, dans une superbe maison qui fleurait bon les senteurs du pays.

Quand venait la saison des récoltes, on s'entraidait. Chez les Lascaux, à la Ramade, la luzerne fleurissait. Il était temps de s'en occuper.

Le soleil brillait à peine lorsque le travail commença. Les faux bien aiguisées faisaient entendre un sifflement sec et rythmé.

— Tranchez le plus bas possible, conseillait le maître des lieux, c'est là qu'est le foin.

Déjà, le fils Bourges, un cousin germain, venu exprès de Saint-Hilaire-Peyroux pour aider la famille, crachait dans ses mains pour mieux tenir le manche et s'éviter des ampoules. Il donna de petits coups rapides sur la lame pour l'entendre résonner, évalua d'un pouce connaisseur le fil du tranchant, secoua la tête, « pas assez coupante », se dit-il. Il aiguisa la faux avec une pierre qu'il trempa dans l'eau du godet attaché à sa ceinture. Une brassée de luzerne s'abattit à ses pieds, puis une autre. Il tenait le rythme, méthodique. Autour de lui, le vide se faisait. Apeurés, des campagnols et des mulots s'évadaient de leurs caches, filant entre ses jambes. Les faucheurs ne pipaient mot : tête basse, les bras en arrondi, les sabots verdis par la luzerne, la chemise collée au dos par la sueur, ils ne s'arrêtaient que pour affûter encore et encore leur faux, mesurant l'espace dégagé, avec, dans le regard, une lueur de satisfaction.

À midi, la chaleur était devenue insupportable, mais le travail déjà bien avancé serait terminé dans la soirée. Au loin, le grincement des roues d'une carriole avertit les faucheurs que le déjeuner arrivait. Marthe Lascaux apportait une soupe aux choux, grasse et odorante, un gros morceau de lard, un quignon de pain pour chacun, et un tonnelet d'eau fraîche. Les hommes, le dos courbé, eurent du mal à reprendre la station debout. Certains s'adossèrent à un arbre, d'autres, assis par terre à l'ombre des feuillus, attendaient sans mot dire leur pitance. Un geai bleu, dérangé par toute cette agitation, protestait à grands cris rauques. Marthe s'affairait, allant de l'un à l'autre, aimable, généreuse dans ses portions. Augustin, un chapeau de paille sur la tête, lui offrit de l'aider.

— Non, non, merci. Allez, mange. Comment va la Camille ? J'ai aperçu Marie, elle a maigri, et ton Matthieu, il part quand ?

Pris sous le feu des questions, il montra sa bouche pleine, fit entendre une série de borborygmes significatifs. Elle passa au cousin Léopold, venu lui aussi de Saint-Hilaire. Les criquets, malmenés, s'expatriaient vers la lisière plus calme de la forêt. Soulagés d'être saufs, ils chantaient à perdre haleine. Le soir, lorsqu'ils eurent terminé leur tâche, la brume montait de la terre tiède pour s'effilocher et se dissoudre dans les hautes ramures. Les hommes fourbus courbaient le dos et se taisaient. Demain, les faneurs viendraient retourner à grands coups de fourche l'herbe odorante.

Marthe Lascaux avait préparé, comme le voulait la coutume, un excellent dîner pour les faucheurs. Un tonnelet de vin fut posé sur la table et chacun s'abreuva plus qu'il ne fallait mais le travail était accompli et ils avaient le droit de se détendre. Augustin, tout en dégustant une *flognarde,* en oublia juste pour un temps la mort de son fils et s'amusa même, riant des histoires parfois fort lestes des uns et des autres.

Marie n'arrivait pas à s'endormir. Au lieu de se tourner et retourner dans le lit, elle s'était levée. Accoudée à la fenêtre, elle regardait au-dehors.

C'était une nuit de pleine lune sans nuages. L'astre luisait au-dessus de la masse sombre des bois, trouée çà et là d'une tache de lumière crue. « C'est un sorcier avant tout, pensait-elle. Il m'a envoûtée ! Toutes mes croyances, tous mes points d'appui s'écroulent. » Comment avait-il réussi, en un si court laps de temps, à la déposséder de sa propre identité ? Elle avait l'impression, depuis son retour, qu'il s'était emparé d'elle, qu'elle faisait partie de lui et qu'elle n'était plus qu'une coquille vide ! Elle resta là, inerte, entendit le grelot de Princesse, son trot rapide et régulier, et vit apparaître la carriole au bout du chemin. Son père en descendit. Il lui sembla que son dos était un peu plus voûté que d'habitude. Il détela la jument, saisit les rênes et, d'un pas lent, l'emmena vers l'écurie. Marie se détourna alors et regagna son lit. Les yeux ouverts, les mains ramenées sur la poitrine, elle tentait de trouver le sommeil. Soudain, une faible lueur tremblota au fond de la chambre. Un frisson la parcourut tandis que glissait, furtive, une petite ombre blanche, vêtue d'une draperie se terminant en longs plis flottants. Pétrifiée, elle n'osait bouger. Antoine fut bientôt devant elle. Il penchait la tête, la fixant avec intensité. Il serrait contre sa poitrine une forme imprécise, habillée d'un linge blanc, qu'il semblait bercer. Avec lenteur, sans quitter Marie des yeux, il ôta le léger voile découvrant ainsi l'enfançon de sa sœur. Épouvantée, Marie se mit à hurler, réveillant en sursaut Matthieu. Camille accourut et tenta de calmer sa fille. Les jambes hors du lit, pâle et glacée, la jeune fille suffoquait. Martial arriva, inquiet de voir la terreur sur le visage de sa petite-fille.

— Là, là, c'est fini, dit-il, en lui caressant la tête, un cauchemar sans doute, nous sommes tous là pour te protéger, calme-toi.

Elle balbutiait :

— … toine, Antoine, le bébé…

L'incohérence de ses propos ne surprit personne.

— Maman, je t'en supplie, laisse la lampe à côté de mon lit. J'ai besoin de lumière.

Matthieu tenta de la rassurer, lui tenant les mains avec tendresse. Elle fut tentée de tout leur raconter, mais se tut. Le reste de la nuit s'écoula sans incident. Elle revit avec acuité le visage d'Antoine, son geste protecteur envers le nouveau-né et en comprit soudain la signification. Il ne voulait pas lui faire peur, mais l'avertir qu'il veillait sur le tout-petit. Tout de même, c'était dur d'être confrontée à l'au-delà et d'admettre qu'il existait bel et bien. Elle avait eu une réaction stupide. Au lieu de crier, elle aurait dû tenter de communiquer avec son frère. Pourquoi était-elle la seule à le voir ? Était-elle investie d'un pouvoir surnaturel ? Elle commençait à le croire. Le seul qui pourrait écouter et comprendre malgré son infirmité était Gauthier. Elle monterait demain lui raconter ce qu'elle vivait si mal. Il lui apporterait la consolation qu'elle attendait de lui.

Quelque temps plus tard, à l'aube, après un petit déjeuner au lard pour se donner du courage, Martial, Augustin et Matthieu, le visage enchifrené, se dirigèrent vers le champ situé en contrebas de la ferme. Aucun n'évoqua l'incident de la nuit.

Jaune, piqueté du rouge des coquelicots, le champ n'était pas très grand, et la moisson serait terminée dans l'après-midi. La récolte servirait à obtenir la farine pour le pain familial, le foin restant, du fourrage pour les animaux. Martial ne perdait pas une occasion d'instruire le futur apprenti sur les mystères de la nature. Il se baissa, cueillit un coquelicot aux pétales de soie froissée et le tendit à son petit-fils.

— Cette fleur fragile a une histoire. Venue d'Asie, mélangée à des graines de céréales, elle s'est acclimatée chez nous. C'est un compagnon qui me l'a racontée un jour où nous nous reposions près d'un champ où bruissait la marée rouge, sous une faible brise. Tiens, regarde ce papillon, sans le savoir, il va transporter du pollen sur ses pattes et, en se posant sur une autre fleur, la féconder !

Augustin aiguisait sa faucille. Le bruit rêche scandait la mesure. Il s'arrêta soudain et, pointant l'index vers une fleur à ses pieds, il indiqua :

— Regarde là mon fils, baisse-toi, cette sorte d'entonnoir rose, c'est une nielle des prés, et là, cette touffe bleue, c'est la véronique de Perse. Gauthier connaît bien les plantes. Là-haut, il s'est constitué un herbier qu'il fait sécher au soleil. Il te le montrera si tu y montes.

— Et ça, qu'est-ce que c'est ? dit Matthieu montrant une marguerite jaune d'or éclatée comme un soleil. Et puis qu'est-ce qu'elle a Marie ?

— C'est un chrysanthème des moissons, répondit Martial à la première question, ignorant la seconde.

Une odeur chaude et musquée se répandit soudain.

— Oh ! Tu viens d'écraser une touffe d'armoise.

Il se pencha, froissa les capitules entre ses doigts, ajouta :

— Ça sent bon et, en plus, ça enlève les vers intestinaux. Ta mère t'en donnait à la pleine lune, quand tu étais petit.

— C'est embêtant pour Marie, grommela Martial.

— Tu sais, elle crie souvent la nuit. Mais elle parle trop vite, et je n'y comprends rien, dit Matthieu, le front plissé.

Augustin maniait la faucille sans mot dire, l'air contrarié. Les buses et les milans tournoyaient, inlassables. Ils savaient que leur pitance allait jaillir. Soudain, des cris stridents accompagnés d'un sifflement : un faucon pèlerin fendit l'air avec une telle rapidité que la grive imprudente n'avait plus aucune chance de survie.

Les hommes, un instant dérangés, levèrent la tête pour voir, dans les serres de l'oiseau, un corps qui s'agitait. Matthieu siffla d'admiration. Quel piqué ! Une vraie pierre !

— C'était une femelle, dit Augustin, laconique.

— À quoi l'as-tu vu ? questionna Matthieu tout en reprenant sa tâche.

— Elle est plus grosse que le mâle, plus rapide aussi.

Quelques semaines plus tard, ils arrivèrent au moulin des Bordes, où officiait Julien Pradal. La carriole s'arrêta avec son chargement tandis que Princesse hennissait avec force.

Augustin chargea un sac sur les épaules, Matthieu en traîna un.

— Attention, tu vas le crever ! s'exclama le meunier qui les attendait en haut des marches. Prends-le à deux mains.

L'enfant rougit, tenta de le mettre sur son dos. Une légère secousse. La charge fut en place. Le tic-tac régulier de la grande roue munie de larges pales, le bruit inlassable de l'eau, le frottement des longues courroies en cuir, la poussière sans cesse en suspension, tout concourait à faire de ce lieu un endroit à part. Un peu magique, puisqu'il transmutait le blé en farine, qui elle-même deviendrait pain. Julien saisit les premiers sacs et entreprit, courbé par le poids, de grimper l'échelle. Augustin et Matthieu l'entendirent s'affairer et déverser le blé dans le concasseur. Les craquements du blé broyé indiquaient que la farine allait bientôt prendre le chemin des goulottes et atterrir en petits tas pointus qui s'effondraient au fur et à mesure qu'ils grossissaient.

Pradal les enfournait à l'aide d'une large pelle plate dans les sacs que lui tendait, bien ouverts, Augustin. Matthieu, fasciné, regardait…

De temps en temps survenait un claquement sec. Chut ! Un doigt sur la bouche, la main gauche en pavillon sur l'oreille, le meunier arrêtait net toute velléité de conversation.

— Bon, ça va, disait-il, rassuré, ça fonctionne.

Enfariné à longueur de temps, les enfants du village l'avaient surnommé le père Neige ! Quand tout fut fini et que les sacs refermés furent chargés dans la carriole, Pradal s'adressa à Matthieu :

— Allez, viens, je vais te montrer comment, sans me lever la nuit, je règle le débit de l'eau.

Matthieu, après avoir escaladé l'échelle, découvrit le lit dans un coin, en même temps qu'un système astucieux qui permettait d'ouvrir en grand les vannes ou de les refermer à moitié.

Des tas de sacs s'empilaient contre le mur de pierre. La meule horizontale était entraînée par les rondets de bois.

— L'engrenage de la lanterne transmet l'énergie depuis l'arbre à meule jusqu'au martinet, cria Pradal, car le bruit était fort.

Amusé, il regarda l'enfant.

— Tu ne me demandes pas ce qu'est le martinet ou la lanterne ? Tu es bien le premier !

Matthieu leva les yeux admiratifs sur son compagnon d'un jour et secoua la tête.

— Ben, le martinet, c'est ce pilon, là. Il sert à écraser, à serrer ou broyer. La lanterne, c'est ce pignon à petits barreaux, où s'engrènent les dents de la roue.

Ils redescendirent, retrouvant Augustin qui abreuvait le cheval. Le mufle dans le seau, Princesse aspirait de larges rasades fraîches et remuait les oreilles de contentement.

Après avoir remercié et serré la main calleuse du meunier, ils remontèrent dans la charrette. Matthieu demanda à son père s'il pouvait tenir les rênes. Permission lui fut accordée. Et c'est très fier qu'il pénétra un peu plus tard dans la cour, tandis que la jument effarouchait quelques poules au passage.

Camille arrivait du potager, un panier rempli de légumes. Augustin remarqua le visage fatigué de sa femme.

— C'est bien demain que l'Émile doit faire le pain ? lui dit-il en déchargeant les sacs.

— Oui, oui, je n'ai plus que deux miches d'avance.

Il déposa les sacs contre le mur et lui caressa la joue au passage. Elle sourit, et son visage retrouva cet éclat qui l'avait charmé la première fois.

— Je vais aller lui porter le bois et le bol de levain. Viens avec moi, dit-il, lui prenant la main. Matthieu, charge les fagots. Fais attention de ne pas crever les sacs qui restent !

Camille monta dans la carriole. Princesse piaffait d'impatience, les sens en alerte, sachant qu'elle allait repartir. En un tour de main, la charrette fut pleine du bois ramassé tout au long de l'hiver. Lorsqu'ils arrivèrent, Émile Duval, qui faisait office de boulanger, préparait le four du village.

La quarantaine, pas très grand, un peu bedonnant, les cheveux bruns et drus, un visage jovial, il portait une chemise à grands carreaux bleu ciel coupés de barres verticales bleu marine. Ses manches étaient relevées jusqu'aux biceps. Son pantalon de droguet marron était recouvert par un large tablier qui avait dû être blanc, mais qui ne l'était plus !

— Ah ! Vous voilà ! Les Broussolle et les Bonnet m'ont porté leur bois. Mettez-le là, dit-il, indiquant la proximité du four. Tout en surveillant la cuisson, je pourrai nourrir le feu à volonté.

Camille lui tendit le levain, comme le voulait la coutume. Tour à tour, les familles le gardaient et le rapportaient en temps utile.

Émile regarda le ciel.

— C'est ben orageux, mais moi, ça m'arrange, car la température va accélérer la levée de la pâte.

Entouré de seaux d'eau, de sacs gonflés par la précieuse farine, il mélangea avec allégresse celle provenant des sacs de seigle, d'orge et de froment. Augustin, Camille, Rose Duval et son mari continuaient d'alimenter le feu qui brûlait déjà depuis hier au soir, surveillé par des volontaires dont c'était le tour pendant la nuit. Marie, distraite, leur passait les bûches. Roland Marty la couvait des yeux. Tant de beauté et de sagesse l'exaspéraient. Impossible de lui faire la cour : elle ne sortait pas, ne se joignait à aucune veillée. Bien sûr, la mort de son frère pouvait expliquer une telle attitude. Mais, tout de même, elle était bien fière, la petiote ! Elle, insensible à l'admiration du jeune homme, ignorant le mal au dos que lui occasionnait sa position courbée, tendait inlassablement les bûches, avec, dans la tête, le souvenir de sa trop brève rencontre. Les familles arrivaient, conscientes de l'importance du moment. Les vieux sortaient les chaises, les vieilles leur rouet. Les uns tiraient sur leur pipe, les autres daubaient sur leur prochain.

Émile, maintenant torse nu, se tenait debout devant le pétrin. Le dos luisant, les bras enfouis jusqu'aux coudes, il malaxait, pétrissait sans relâche le magma collant. Ses grandes mains gluantes sortaient habillées de longs filaments blancs pour replonger, des bulles d'air entre les doigts. Des gouttes de sueur perlaient sur le front, suivaient un instant le sillon des rides, puis se perdaient dans les sourcils broussailleux pour ricocher sur le ventre rebondi ou… dans la pâte. Des grumeaux repérés étaient écrasés sans rémission. Émile, concentré, reprenait ce mouvement de vague qui amenait au sommet ce qui était en sommeil dessous. Le souffle court, le boulanger posait, de temps à autre, ses avant-bras sur le rebord de la table, puis reprenait son incessant labeur. Les femmes, pendant ce temps, faisaient bouillir, dans un énorme chaudron, l'eau qui servirait à mouiller la farine.

Bouche bée, les enfants regardaient, se poussant du coude, attrapant un petit morceau de pâte et le dégustant avec un petit hochement de tête connaisseur. Aucun d'entre eux n'aurait osé avouer que son goût était insipide. Émile mélangeait toujours. Il jugea enfin que la pâte était assez homogène et compacte. Il but à larges rasades les trois quarts d'un pichet d'eau et regarda le four. La chaleur était insoutenable. Ravi, il se frotta les mains, fit tomber des résidus de pâte accrochés aux poils de ses bras, remit sa chemise pour ne point avoir froid après un tel surmenage.

La vieille Lucile, veuve du maréchal-ferrant, actionnait la pédale de son rouet et tirait sur le fil tout en distillant son poison :

— Té ! Les Lescure, y se prennent pas pour rien ! Y z'envoient le fils à la ville pour le placer chez le procureur. Le gars, y préférerait rester à la ferme, paraît-il qu'il n'aime pas l'idée de jouer au petit monsieur.

— Lequel ? minauda sa voisine, y en a plusieurs.

— L'aîné, le Julien, le brun qui boite un peu.

Le vieil Ignace tirait nerveusement sur sa pipe.

— Et la fille Boutot, elle part pour le couvent, c'est-y pas malheureux ! Si gironde, faite pour avoir des loupiots ! Le Mathias Fleury, il en est tout retourné. Un qu'y aurait bien fait affaire !

— Et l'Antoine de Camille, qu'est-ce qu'il a eu ? Que même le forgeron n'a rien pu faire. Y paraît même que la Marie perd la tête.

Jeanne Martin poussa du coude sa voisine.

— Arrête, s'écria celle-ci, courroucée, tu m'as fait tomber ma pelote.

— Mais regarde donc le manège du Roland Marty. Il fixe tellement la Marie Darfeuille qu'il va la faire fondre.

Elles pouffèrent.

— Taisez-vous les vieilles, vous feriez mieux de regarder ce que vous faites, ironisa Firmin Lecouvreur, vos fils s'emmêlent et vous ne le voyez même pas !

Un brouhaha fiévreux monta de la foule agglutinée autour du four. Émile, d'un air très professionnel, tâta la pâte, hocha la tête et dit :

— C'est bon.

Il forma des boules à peu près identiques. L'opération prit du temps. Il mit ensuite un épi de blé sur sa pelle et la promena à l'intérieur du four. Il ressortit roux. C'était bon pour enfourner. Une par une, les miches glissèrent sur la planche, passèrent le fenestrou et se retrouvèrent en enfer, rangées les unes à côté des autres. Aidé par Victor Lenoir, maçon de son état, Émile scella la plaque de fonte à l'aide d'un mortier fait de cendres, de sable et de graisse.

Un hourra joyeux s'éleva. L'on fit alors bombance. Les deux compères tiraient fréquemment leur montre du gousset pour surveiller l'heure. À la fin du repas, ils se dirigèrent vers le four. Émile, habité par l'importance de son rôle, cassa à petits coups de marteau l'enduit, prit un torchon plié en quatre pour ouvrir la porte par la poignée encore brûlante, tira d'un coup sec. L'odeur de pain chaud flatta les narines présentes et fit saliver les gourmands. Il saisit sa grande pelle et entreprit de sortir les miches une par une. Afin de vérifier si la cuisson était bonne, Victor découpa avec son canif une petite tranche de la première, un léger sourire aux lèvres, hocha la tête. La boule odorante, bien protégée par une croûte épaisse, écorce blonde et dorée, présentait une mie souple et chaude. Le partage se fit alors sans problème. C'est ainsi que les tourtes prirent le chemin des râteliers.

Marie s'était tant bien que mal habituée aux apparitions d'Antoine. Pour un peu, elle les aurait provoquées. Égal à lui-même, il s'asseyait à ses côtés, observait Matthieu, lui caressait le visage, le regard plein d'amour. Jamais il ne parlait, mais une force passait entre eux. Ses traits étaient nets, ses gestes lents mais précis. Ce soir, il semblait agité. Il approcha ses mains, bien visibles, de la tessère que Marie portait sur elle, l'emboîta avec celle de Louis. Son regard aigu ne la quittait pas. Elle cherchait à comprendre le message qu'il souhaitait lui transmettre. Il retira la moitié qui appartenait à Louis. Docile, elle pencha la tête pour lui faciliter la manœuvre. Il glissa vers la porte avec le pendentif, revint vers le lit et le remit au cou de sa sœur avec, dans le regard, un grand contentement. Que voulait-il dire ?

— Louis ?

Il hocha la tête.

— Il va venir, c'est ça ?

Antoine acquiesça, battit des mains. Elle se mit à rire, se pencha vers lui, voulut le prendre dans ses bras. Il disparut, vif comme l'éclair. Pour la première fois, elle dormit d'un trait jusqu'au matin.

VIII

L'exorcisme

Louis arriva à la ferme des Leymarie. De larges rayons obliques pénétraient dans la cuisine par la porte entrouverte, doraient le carrelage, s'attardaient sur les casseroles de cuivre qu'ils faisaient briller. Une soupe de légumes exhalait une odeur agréable rappelant celle que sa mère préparait lorsqu'il était petit.

— Madame Leymarie ! cria-t-il.

Une voix lointaine lui répondit :

— Je suis à l'étable. C'est toi Louis ? Rejoins-moi.

Il la trouva assise sur un tabouret, penchée sous la vache qu'elle était en train de traire. Une superbe bête de la race de Salers. Ses cornes montaient vers le ciel avant de se courber en lyre. Sa robe sans taches brillait comme de la soie. Le lait giclait dans le seau posé à terre. La mousse pleine de bulles montait à l'assaut des parois.

— La Garance est à côté, dit-elle en montrant du menton le fond de l'étable, sans interrompre pour autant son geste régulier. Ses yeux coulent depuis deux jours. Je n'ai pas pu te prévenir plus tôt. L'Adrien est parti à Clermont chercher de l'outillage. J'ai tout le travail sur les reins !

Louis connaissait la fermière depuis son arrivée au Pavin. C'était sa plus proche voisine. Elle faisait fi des commérages le concernant et l'invitait souvent à déguster une bonne potée dont elle avait le secret. Il avait de l'affection pour cette femme.

— Madame Colette, je vais m'en aller pour quelque temps. Je vous porterai la clé de chez moi.

Elle cessa de traire, pivota sur le tabouret et le regarda bien en face.

— Tu reviendras, dis ? Tu n'as pas de problèmes ?

Il rit.

— Non, au contraire, je risque de rentrer avec une personne que j'aimerais vous présenter.

Elle s'esclaffa.

— C'est pas possible ! Tu vas te marier ! Seigneur ! Même les sorciers sont amoureux ! Comment est-elle ? Je t'ai toujours vu seul.

Il lui raconta comment, au pèlerinage, le feu d'une chevelure avait allumé un brasier en lui, pas près de s'éteindre, tel celui des volcans sur lesquels ils vivaient.

— Où habite-t-elle ?

— À Cornil, en Corrèze.

Il omit de lui narrer comment ce précieux renseignement lui était parvenu, et de quelle manière l'esprit d'Antoine, par deux fois, le lui avait communiqué.

— Attends, j'ai presque fini. On va fêter l'événement. Une rousse, tu me dis. Té, comme mes vaches !

Le bonheur irradiait le visage de Louis. Dans quelques jours, il serait là-bas. Il demanderait à Martial d'être son interprète auprès des parents. Il offrirait à Marie, outre son amour, *L'Étoile de Sirius*, les terres qui l'entouraient, le Pavin et l'Auvergne tout entière, en cadeau de noces.

Au loin s'étendait la chaîne des volcans dont les ondulations blanches, marbrées de forêts sombres, butaient contre l'horizon glacé de l'hiver. Autour de la demeure, et jusqu'au lac Pavin, ils se promèneraient dans la neige, main dans la main, suivant avec intérêt les arabesques légères et dentelées des pattes d'oiseaux en quête d'une improbable nourriture. L'été, bardés de sacs, ils partiraient. Il lui apprendrait les vertus des plantes, l'initierait aux mille recettes dont il détenait le secret. Elle était le bien, il le pressentait, et serait ainsi préservée de la malédiction de Léonard. Son beau visage, protégé par un chapeau de paille tressé, au large bord, s'animerait de reflets d'ambre et brillerait comme une mûre sauvage. Sa chevelure incendierait ses épaules. Comme il l'aimait !

Il secoua la tête. Un émoi inconnu avait pris possession de lui, le dominait tout entier. Alors, comme tant d'autres, il souffrait. Marie était sans nul doute une jeune fille pure, l'épouse secrète qu'il s'attribuait, sœur de sa chair et de ses pensées, amie incomparable à qui il pourrait confier ses tourments et son bonheur. Il n'avait désormais qu'un seul désir, qu'une ambition exacerbée : Marie.

Revenus dans la cuisine, où le soleil, qui avait tourné, léchait les murs, Colette le fit asseoir à la longue table, attira à elle la miche de pain, l'arrosa du lait cru, juste trait.

— C'est la recette du *brezzou*. Allez, parle-moi encore de ta Marie. Tu me parais bien amoureux ! Et ton loup ? Alors là, tu fais jaser le pays. Ils te prennent pour un fada !

Elle riait tandis que sa forte poitrine tressautait en cadence. Elle se leva.

— Tu ne m'en veux pas si je retourne traire ? Viens avec moi, on va bavarder, ça me fait du bien de te parler.

Un rite immuable accompagnait chaque traite. Le veau devait téter sa mère pour faire monter le lait. Colette l'attachait ensuite à la patte de la Rouge avec une cordelette en chanvre, pour qu'il reste uni à elle.

Elle saisit la *gerle*, seau en bois cerclé de fer, qui, par tradition, servait à fabriquer le fromage. Puis elle passa aux deux autres salers qui s'étaient ajoutées à la Rouge et à son petit veau, Rubis :

Capucine et Cerise, prénoms attribués par sa fille pour son plus grand amusement.

Les vaches se laissaient faire, conscientes de leur devoir, attachées à leur progéniture. Ainsi, deux fois par jour, après les traites du matin et du soir, Colette isolait quinze à vingt litres du lait encore mousseux. La tomme se préparait alors.

— Tiens, avant de partir, tu veux voir comment je fabrique le fromage ?

Louis n'osa refuser. La fermière versa, dans un grand chaudron de cuivre noirci par les flammes, la totalité du lait filtré au préalable par un large entonnoir garni d'orties. Puis elle le fit chauffer dix minutes. Le liquide blanc, sorti du feu, reçut ensuite la présure.

— Ah ! Un bon fromage, c'est affaire de patience, s'écria-t-elle. J'ai du temps devant moi pour faire mon repassage. Si tu veux examiner les autres vaches, c'est le moment. Le Toutsu est passé par là ! Hier, il m'avait embrouillé mon écheveau de laine et détaché la Rouge qui voulait partir de l'étable. Je vais t'y mettre devant la porte un gros tas de graines de lin et de trèfle. Paraît qu'il aime tout compter. Il aura pas assez de la nuit pour le faire ! Pendant ce temps, il nous fichera la paix.

Louis sourit.

— Quand je serai rentré avec Marie, je vous donnerai une couronne d'armoise. Vous savez, l'herbe de la Saint-Jean.

— Té, pardi que je le sais ! Il faut juste cueillir les jeunes extrémités des rameaux, les attacher et les faire sécher. Ça protège des envoûtements et des maladies.

— Vous la clouerez sur la porte de l'étable en plus du fer à cheval. Il vous laissera tranquille.

Louis se dirigea de nouveau vers l'étable pour soigner les yeux de Garance. Il lui confectionna un collier de pervenches et lui mit dans les yeux des gouttes à base de bourrache.

Le veau rouge brun, affublé de ce collier bleu et vert, avait quelque chose de risible. Colette appela Louis, qui regardait le reste du bétail :

— Tu peux venir, le caillé a pris forme.

Elle saisit un solide fouet en houx. Elle brisa les grumeaux avec des gestes vifs et tournants. Puis, s'arc-boutant, remit au feu le chaudron, réactiva les braises à l'aide d'un soufflet en cuir, et continua de tourner le mélange durant dix bonnes minutes. Louis, tout à son idée de départ, s'impatientait intérieurement. Mais elle se montrait si bonne envers lui qu'il n'osait la quitter. La fermière procéda alors à l'amassage, puis au tassage de la masse du fromage par des mouvements circulaires et lents, très doux, rappelant ceux du potier en train de faire naître de ses mains une belle jarre aux flancs rebondis.

Pendant que le *mouissadou* liait les grains compacts du lait caillé, Colette s'affairait, sortait des moules ouverts, des plateaux en bois et des cordelettes fines et solides qui entoureraient, le moment venu, le cercle. Ce dernier, sous la pression de la ficelle, se refermerait peu à peu sur la masse crémeuse.

Rouge, le visage rubicond, la fermière savourait chaque instant. Cette recette, sa recette issue pourtant du fond des âges, donnait un fromage savoureux qu'elle vendait sur le marché de Besse. Elle amassait ainsi un petit pécule, dont elle soustrayait quelques piécettes pour Clémence, la « fille ravit[1] » par le fils du notaire, qu'elle aimait si fort et qu'elle ne voyait qu'en cachette d'Adrien.

— Té, je le donnerai à ta femme, mon secret de fabrication, car vous allez avoir des vaches, pour sûr !

Louis en doutait, mais ne démentit point. De ses fortes mains aux larges doigts, Colette perça alors la face supérieure de la pâte afin d'en extraire le petit-lait qu'elle gardait pour confectionner un fromage maigre, délice des dames dont le corset trop serré faisait ressortir de disgracieux

1. *Nom donné à la fille enlevée par un homme sans le consentement du père.*

bourrelets. Puis, armée d'une longue et fine aiguille en bois de châtaignier, d'un geste expert, elle piqua la surface neigeuse d'une infinité de petits trous d'où le petit-lait s'échapperait. Louis la regardait faire avec un intérêt poli.

— Tu vois, petit, je vais mettre les fromages à feu vif afin de leur donner une légère croûte qui conservera le moelleux de l'intérieur, puis je vais les ranger sur de la paille de seigle pour qu'ils s'affinent. Tous ceux-là sont prêts à partir demain matin pour le marché de Besse.

Lorsqu'ils se quittèrent, Colette lui fourra dans la main du pain et un gros morceau de fromage.

— Té, c'est pour le voyage. Et puis, comme ça, tu penseras un peu à moi. Apporte-moi ta clé avant de partir.

Elle le regarda s'éloigner et se prit à regretter que sa Clémence ne l'ait point connu avant de s'enfuir !

Camille avait un tour de main bien à elle pour préparer la *mique*. Elle ne tenait aucun compte des proportions de la recette, et pourtant, le résultat était toujours parfait. Elle prit une assiette creuse, saisit la farine de froment, cassa un œuf dessus, sala, ajouta la levure, de l'eau, et se mit à pétrir.

Tandis qu'elle s'affairait à cette préparation, Marie, debout, pelait les légumes. Elle fendit en deux les poireaux après les avoir débarrassés de leurs feuilles vertes trop dures. L'odeur piquante du légume blessé lui monta aux narines. Puis, méticuleuse, elle gratta les carottes après en avoir coupé l'extrémité ligneuse. Le jus orangé perla et lui mouilla les mains. Elle termina par les pommes de terre, dont la robe beige tachée de terre s'enroulait autour du couteau en longs rubans qui se cassaient soudain dès qu'un grumeau butait contre la lame.

La porte était ouverte. Les haies d'aubépine et de chèvrefeuille mariaient leurs parfums entêtants. Des bandes de moineaux s'égosillaient dans les arbres. Marie, les mains dans la cuvette, lava les légumes avec soin. Elle s'interrogeait sur les étranges phénomènes nocturnes. Pouvait-elle mettre en doute les apparitions d'Antoine ? Étaient-elles le simple reflet du désir qu'elle avait de revoir Louis ou l'effet de manœuvres dont elle était victime contre son gré ? Elle jeta un à un les poireaux dans l'eau bouillante, leur chevelure verte flotta dans le liquide. Elle ajouta les carottes grossièrement coupées, le céleri, un oignon piqué de clous de girofle, garda les pommes de terre pour la fin.

« Ce qu'il m'arrive n'est pas normal », pensait-elle tout en accomplissant ces tâches ménagères. Elle croyait de plus en plus fort qu'elle était envoûtée. Rémi le sorcier ou même, peut-être bien, la Malemort, dont la masure, près de l'église de Cornil, ne désemplissait pas, pourraient l'en délivrer. Songeuse, elle regarda les légumes disparaître au fond du faitout, les bulles d'air cloquer à la surface.

Camille avait formé une boule de pâte bien ronde, qu'elle enveloppa d'un linge très fin. Puis, geste coutumier à Cornil, elle se dirigea vers le lit clos, ouvrit un des battants et glissa la pâte sous l'édredon afin qu'elle levât plus vite. Lorsque la boule aurait atteint une respectable dimension, elle la plongerait dans le bouillon de légumes accompagné du petit salé et d'un jarret de veau.

Des gémissements leur parvinrent. Augustin, assis sur une chaise, suppliait sa femme :

— Camille, va chez le Rémi chercher un remède, je n'en peux plus. Chaque fois que je pose la jambe par terre, la douleur me rentre comme la lame d'un couteau dans la hanche, descend le long de ma cuisse, immobilise mon pied.

Martial, sur le seuil, enlevait ses sabots, les tapait l'un contre l'autre.

— Je vais y aller, fiston, j'attelle la jument. Tu viens avec moi, petite ? dit-il en se tournant vers Marie.

Elle regarda sa mère.

— Je peux ?

— Mais oui, je n'ai pas besoin de toi avant ce soir.

La jeune fille noua ses cheveux, mit un fichu, enleva son tablier et, passant près de son père, lui déposa un baiser sur le front.

— Ça va bientôt aller mieux mon papa, lui dit-elle, en s'enfuyant.

La jeune fille pensait que, si Louis était là, il pourrait le soulager. Si elle continuait de l'attendre, elle allait s'étioler, perdre sa gaieté et se laisser mourir.

Rémi le sorcier habitait entre Cornil et Aubazine. Une malheureuse bicoque lui tenait lieu de maison, mais l'endroit était si beau qu'il coupait le souffle à tous ceux qui s'aventuraient sur le plateau. Des menhirs dressés vers le ciel, groupés en rond, attestaient de l'ancienneté du lieu. Une légende tenace courait sur la signification des mégalithes. Quiconque s'attarderait à la tombée de la nuit rencontrerait à coup sûr le Drac, bête satanique aux yeux de braise, qui portait le signe de la mort subite.

Martial et sa petite-fille laissèrent Princesse et la carriole au bas de la pente avant de s'engager sur le sentier. La montée était raide. Penchés en avant, ils respiraient avec une certaine difficulté. Martial, armé d'un bâton, dégageait les ronces qui s'accrochaient à la jupe de Marie. Ils furent enfin sur le plateau. À perte de vue, les monts verts se chevauchaient. Une brume légère les saupoudrait de blanc, ondulait comme des vagues frangées d'écume, puis se fondait dans les creux, telle une fumée légère. Un ciel sans taches accusait le relief. La cabane de Rémi se tenait à l'orée du bois de cèdres bleus, entourée de hautes fougères et de bruyères mauves. Martial frappa à la porte du bout de son bâton. Une voix rauque lui intima d'entrer, ce qu'il fit, Marie sur les talons. Il faisait noir comme de la suie, et ils eurent du mal à distinguer une forme accroupie qui fourrageait avec un tisonnier dans l'âtre. L'homme se redressa. Tout petit, vêtu de noir, ceinturé de velours rouge, coiffé d'une sorte de feutre mou, il se dégageait de lui, malgré sa petite stature, une grande force, surtout dans le regard…

— Bonjour. Si vous êtes montés jusqu'à moi, c'est que vous avez besoin de mes services.

— C'est vrai, acquiesça Martial. Augustin, mon fils, souffre tellement de la hanche qu'il ne peut plus marcher. Que peux-tu faire pour lui ?

Rémi se redressa, leur tendit une main sillonnée de rainures noires, tellement vieille que Marie se demanda s'il n'était pas centenaire. Elle la serra, réprimant avec peine un geste de répulsion. La paume était sèche et chaude, les doigts râpeux.

— J'ai ce qu'il te faut, viens, dit-il à Martial.

Ils sortirent. Le soleil burinait la lande, ciselant les ramures des cèdres d'éclats d'or. Le sorcier saisit une pioche au passage.

— Tiens, c'est à toi d'agir, creuse ici.

Il lui montra une parcelle de terre où des petites fleurs rouges et jaunes formaient un parterre dense. Martial enleva sa veste, qu'il tendit à Marie, puis il cracha dans ses mains, saisit le manche de la pioche, s'attela à l'ouvrage. L'outil s'élevait dans les airs pour retomber et arracher de grosses mottes de terre. Bientôt, il y eut un trou assez profond. Le vieillard ne quittait pas Marie des yeux. Sous ce regard perçant, elle se troubla.

— Ça suffit ! s'exclama le sorcier au bout d'un moment.

Martial se redressa, enleva les gouttes de sueur qui dégringolaient le long de sa barbe, s'essuya les mains sur son pantalon. Rémi se mit alors à genoux, penché sur la fosse. Il ramena dans sa main une poignée de terre mêlée d'argile vert-bleu. Puis il agrandit l'orifice avec ses doigts, semblant chercher autre chose. Lorsqu'il buta sur une racine, il se mit en devoir de la déterrer. Au bout d'un moment, aidé d'un bout de bâton, il dégagea une sorte de tubercule qui ressemblait à une grosse pomme de terre. Il soupira d'aise, se redressa, fit tomber la terre accrochée au tissu de sa culotte.

— Voilà le remède, dit-il, scrutant Marie avec intensité.

Il ajouta :

— Je vois à travers toi, tu attires l'esprit des morts.

Décontenancée, elle se signa, baissa la tête. Son visage s'empourpra. Martial, surpris, se tourna vers elle et lui jeta un regard aigu.

— Vois-tu, reprit Rémi, les morts ont parfois besoin de rester en contact avec nous, le plus souvent parce qu'ils ont une mission à remplir. Quand c'est chose faite, ils regagnent les hautes sphères, et nous, pauvres humains, on n'entend plus jamais parler d'eux. Mais, si tu as trop peur des fantômes, cueille à la rosée une branche d'ortie et du millepertuis que tu tiendras dans ta main gauche avant de t'endormir. Ils te laisseront tranquille.

L'homme fit sauter dans sa main le tubercule et se dirigea vers la masure, suivi de Martial et de Marie silencieuse. À peine entré, il saisit une assiette crasseuse, entailla la racine. Un liquide rouge comme du sang pur s'égoutta. Puis il fit d'une partie de la chair une espèce de purée qu'il déposa sur un linge dont la propreté laissait à désirer. Il marmonna une incantation dont Martial et Marie ne saisirent que quelques bribes.

— Voilà, c'est prêt. Il faut poser ce cataplasme à l'endroit où ton fils a le plus mal, qu'il le garde toute la nuit. Demain, il ira mieux. Il se lèvera alors et le jettera au feu, sans regarder, sinon le mal reviendra sur lui. Il récitera par trois fois cette formule : *« Sista, pista, rista, xista. »*

Après l'avoir remercié, ils redescendirent vers Princesse qui s'impatientait. Le soleil mettait un point d'orgue à sa couleur, rosissait les pentes, forçait les ombres, creusait les angles.

Au petit matin, Camille trouva son mari debout, un bol de bouillon d'une main, une énorme tranche de *mique* de l'autre, le sourire aux lèvres.

Martial, ironique, passa devant son fils et lui dit :

— Alors, ça a tout de même du bon, un sorcier !

Il sortit en riant. La fin de l'été s'annonçait. Les feuillages s'éclaircissaient, prenaient des tons virant au rouge et au doré. L'herbe devenait moins drue, le brouillard matinal avait du mal à se dissiper. Gauthier ne tarderait pas à regagner Cornil tandis que le bétail trouverait refuge dans les étables. Martial et Augustin, de retour de Brive, annoncèrent, au moment du repas de midi, qu'ils avaient signé pour Matthieu un contrat chez un maître menuisier, Étienne Cordier. Camille, sans mot dire, s'était levée, les larmes aux yeux. Afin de cacher son trouble, elle tournait la purée de pommes de terre, y ajoutant du lait plus que de raison. Matthieu exultait, cabriolant autour de la table. Il lui plaqua un baiser sur la nuque, déstabilisant son bonnet. Elle prit le parti d'en rire. Ainsi, son fils serait donc, après le passage d'innombrables rites, compagnon charpentier.

Martial bourrait le fourneau de sa pipe d'un tabac un peu gris. Il regardait Marie, qui, les yeux perdus, la cuillère en l'air, avait du mal à déglutir. Elle fixait un bouquet sec, pendu au-dessus de la cheminée, qui bougeait imperceptiblement sans raison apparente. Après le déjeuner, tous partirent pour des besognes diverses, la laissant seule mettre en ordre la cuisine. Elle débarrassa la table.

Forte du message d'espoir transmis de l'au-delà par Antoine, elle attendait. Depuis la nuit où il avait joint les deux moitiés de la tessère, il n'était pas revenu. Peut-être, comme l'avait suggéré Rémi le sorcier, sa mission sur terre était-elle terminée. Avait-il ainsi pu regagner les limbes célestes ?

Elle prit un panier plein d'épluchures et se dirigea vers le poulailler. Des relents de paille humide, souillée d'urine et de légumes pourrissants, montaient des clapiers. Les lapins surexcités se bousculaient, s'accrochaient au grillage, offrant à sa vue la fourrure tendre et soyeuse de leur ventre. Les poules accouraient en se dandinant, affligées de leur stupide démarche, repartaient déçues qu'elle n'ait pas de grains à leur distribuer. Le soleil cuivrait la muraille où se reposait un énorme lézard vert. Au loin, elle entendit Soleil aboyer avec frénésie. Elle tressaillit. Il l'avertissait qu'un étranger pénétrait sur le sentier qui menait à la maison. Elle sortit du poulailler, referma la targette. Ses gestes étaient à dessein mesurés afin d'atténuer les battements affolés de son cœur. Elle se dirigea vers l'entrée de la maison, là où elle pouvait voir en entier le chemin.

Une longue silhouette, vêtue d'une cape sombre, avançait à contre-jour. À ses côtés, un chien marchait en boitillant. Soleil tournait autour, grondait, reniflait les pas des intrus, puis il se précipita vers Marie pour la protéger. Elle, toute droite, le panier à la main, ses cheveux de feu ruisselant sur les épaules, regardait venir celui qu'elle attendait si fort. Tout près d'elle, un rossignol lança quelques trilles, s'envola avec un bruissement d'ailes soyeux tandis que Soleil, debout contre la jupe de la jeune fille, curieux, observait la démarche d'Isis parfaitement accordée au pas de son maître.

Table des matières

Imprimé en Espagne par Novoprint
Dépôt légal : mai 2023
ISBN : 978-2-8129-3918-1
ISSN : 1627-6779

www.deboree.com
livres@centrefrance.com